모래
인간

모래 인간
© 김미수

1판 1쇄 발행 2015년 11월 5일

지은이 김미수
펴낸이 정홍수
편 집 김현숙 박지아
펴낸곳 (주)도서출판 강
출판등록 2000년 8월 9일(제2000-185호)

주소 서울시 마포구 동교로17안길 21(우 04002)
전화 02-25-9566
팩시밀리 02-325-8486
전자우편 gangpub@hanmail.net

값 13,000원
ISBN 978-89-8218-207-5   03810

이 도서의 국립중앙도서관 출판시도서목록(CIP)은 e-CIP 홈페이지(http://seoji.nl.go.kr)와
국가자료공동목록시스템(http://www.nl.go.kr/kolisnet)에서 이용하실 수 있습니다.
(CIP 제어번호: CIP2015028626)

모래 인간

김미수 소설집

강

차례

모래
인간

1

너 사랑하는 거 알지. 알고 있어. 그런데 왜 못 믿는 거야. 못 믿는 게 아니라 네가 그렇게 행동하잖아. 어떻게 행동했다고 그래. 여자만 보면 관심을 보이잖아. 내가? 그랬잖아. 저번엔 여자를 모텔까지 데리고 갔고. 쳇, 한밤중에 오갈 데 없는 여자를 어쩌라고. 여자가 갈 데 없으면 다 모텔로 데려가니? 너도 알잖아. 나 불쌍한 여자 보면 못 지나치는 거. 아무 여자한테나 관심 보이는 건 못 참겠어. 또, 옆방 여자는 왜 따라다닌 거야. 18호실 여자? 그래. 아, 그건…… 그리고 그 일에서 손떼. 아까 말한 것 말이야. 아, 그 일…… 그건 어쩔 수 없어.

안하면 내가 죽어.

18호실 발코니 난간에 기대어 쳇과 여자가 떠드는 소리를 듣는다. 바람을 쐬려고 발코니로 나갔다가 쳇을 연발하던 남자의 목소리에 멈칫한다. 욕실 문이 열리는 소리에 고개를 돌리자 c가 팬티만 걸치고 나온다.

씻어.

c가 말한다. 몇 올 남은 머리카락을 쓸어 올리며 그가 웃는다. 마른 얼굴 가득 주름살이 덮인다. 서른하나, 나이가 아깝다. 그렇게 말해주고 싶었지만 조용히 욕실로 들어간다. 욕조에 눕자 심신이 나른하게 늘어진다. 옆방에 투숙한 커플이 예사롭지 않게 떠들던 것이 마음에 걸린다. 분명 내 이야기를 하고 있었다. 옆방 여자는 왜 따라간 거야? 여자가 쳇에게 묻고 있었다.

c가 이곳 해수욕장에 들어서자마자 숙박할 곳부터 예약하러 간 사이에 쳇이 내게 접근했다. 불과 몇 시간 전의 일이다. 석양이 바다와 하늘을 삼키던 중이었다. 쳇은 몸에 꽉 끼는 물 빠진 블루 바지에 퍼플 체크 티셔츠를 입고 있었다. 날씨가 잔뜩 흐렸으나 쳇은 얼굴을 다 가린 검은 선글라스를 벗지 않았다. 저기, 해안 절벽 아래 가보고 싶죠? 매부리코와 얇은 입술이 말할 때마다 실룩거렸다. 이곳 해수욕장에 오면 c와 데이트하던 장소가 바로 해안 절벽 아래 바위가 있는 곳

이었다. 나는 해안 절벽을 보지 않은 채 바다를 바라보았다. 수평선 위로 먹구름이 몰려 있고 그것에 닿을 듯 파도가 치올라 오고 있었다.

쳇, 까칠하네. 아무튼 호우주의보가 내렸다니 조심해요. 이런 날 바닷가에서 어슬렁대면 안개 속에 갇혀요. 쳇, 이란 군말이 귀에 꽂혔다. 나는 쳇의 말에 반응하는 대신 백사장 한가운데 설치된 인명 구조용 흰 텐트를 바라보았다. 텐트를 지키고 섰던 수영복 차림의 두 남자가 길게 하품을 했다. 기상예보 탓에 칠월의 해변에 인적이 없었다.

그때 숙박 예약을 마친 c가 내게로 걸어왔다. 그의 한 손에는 우산이, 다른 한 손에는 검은 봉지가 들려 있었다. 걸을 때마다 목에 걸고 있던 카메라가 따라 흔들렸다. c가 다가오자 쳇이 슬그머니 내게서 떨어져 나갔다. c는 쳇하고 무슨 이야기를 했는지 물었다. 별말 없었어. 내가 대꾸했다. c는 해안가를 거니는 쳇의 뒷모습을 노려보더니 모래 위에 앉았다. 우산을 편 그가 손짓했다. 우산 안으로 들어가서 앉자마자 c가 나를 안더니 모래 위에 눕혔다. 그의 몸에서 땀내와 쫓기는 자의 단내가 났다.

여긴 모래 해변이 아름다워. 나를 안은 채 c가 말한다. 호주에 하이암스 해변에는 흰 모래가 유명하대. 하와이의 푸날루우 해변에는 검은 모래도 있고. 그 부근의 마우이 섬에는 붉은 모래도 있다던데. 난 사실 붉은 모래를 가장 보고 싶어. c가 품에 안긴 나를 슬쩍 쳐다본다. 하긴 너하고 있으면 어디든 다 아름다웠는데. c가 일어나 앉으며 카메라를 손에 든다. 자, 이쪽을 봐. 이쪽이야. 그가 나를 찍는다. 내가 카메라를 피해 모래 위에 엎드리자 그도 따라 엎드리다가 중심을 못 잡고 뒤로 넘어진다. 그러면서도 카메라를 놓지 않고 셔터를 누른다. 모든 것을 다 찍어둬야 해. 다신 날 만나러 안 올 거잖아. 안 그래? c가 갈라지고 쉰 목소리를 내며 연신 셔터를 누른다. 파인더의 구도가 안 잡힌다고 내 몸을 똑바로 눕히려고 성화다. 그의 손을 뿌리치고 나는 모래를 손바닥 가득 퍼 담아서 c의 얼굴에 퍼붓는다. 붉고 검은 모래가 그의 얼굴에 뿌려진다. 해변에서 청산가리를 먹고 죽는다면 검은 모래에 드러누운 기분일 것이다. 칼에 찔려 쓰러진다면 몸 아래 모래는 붉디붉게 물들겠지. 만약 무사히 이 밤을 보내고 아침 일찍 해변을 떠나게 된다면 이곳의 모래가 지독하게 하얬다고 기억하게 될 것이다. 이 세상에 다양한 색의 모래가 있다는 사실은 내 알 바 아니다. 다만 어떻게 죽게 되어서 모래 위에 누울지 궁금할 뿐. 마르흐리트 더 모르는, 사람이 죽으면 처음에는 회색빛이다가 하얗게 변하고 다시 파랗게 되어 별을 향해 날아간다고 했던가.

모래를 퍼붓는 기세에 놀란 듯 그가 내 손을 잡아 비틀며 모래 위에 다시 엎드리게 만들었다. 그런 뒤 내 등허리에 모래를 퍼 올렸다. 또 혼자 달아나면 모래에 묻어버리겠어. 모래에 묻히면 꼼짝도 못할걸? 한 손으로는 내 등을 누르고 다른 한 손으로는 연신 등에 모래를 얹으며 떠들었다. 몸이 반 이상 모래에 파묻힐 때까지 멈추지 않았다. 내가 축 늘어져서 반응하지 않자 그도 맥이 풀린 듯 동작을 멈추었다. 그런 뒤 하늘을 향해 드러누웠다. 나는 모래에 코를 박고 냄새를 맡았다. 모래 속에서 피 냄새가 났다.

이곳에 텐트를 치고 캠핑을 하던 애들이 있었대. c가 말했다. 다들 닭살 커플이라고 할 만큼 온종일 끌어안고 다니고 스킨십도 장난이 아니었다지. 사흘이 지나자 남자 혼자 텐트를 걷더래. 여자는 어디로 가고 혼자 남았느냐고 물었지만 남자는 조용히 돌아갔대. 그런데 휴가철이 지난 뒤 남자가 텐트를 쳤던 바로 그 모래 밑에서 여자의 시신이 발견됐다는 거야. 장마에 모래가 유실되면서 파묻혔던 시신이 모래 밖으로 나온 거지.

c가 떠들더니 일어나 앉는다. 검은 봉지에 든 소주와 오징어를 꺼내놓는다. 종이컵에 소주를 가득 따라 단숨에 비운다. 잠자리 천지네. 짝짓기하느라 정신을 못 차리잖아. 참 좋을 때다. 우리도 저럴 때가 있었는데. 제기랄, 숨 막혀. 비라도 한바탕 퍼부었으면. c가 떠드는 소리를 들으면서 나는 모

래를 털어낸다. 피부에 들러붙은 모래는 잘 떨어지지 않았다. 입천장과 목구멍에도 모래가 한줌 가득 들러붙은 듯하다. 나는 파도가 치는 바다로 걸어갔다. 검은색 원피스를 올려 잡고 바다로 들어갔다. 물이 허벅지에 감겨들자 가슴이 시원하게 뚫렸다. 거센 파도가 몸을 흔들었고 비틀거리다가 물속에 빠졌다. c가 놀라며 일어서는 것이 보였다. 나는 c의 시선을 피해 잠수했다가 물 밖으로 나왔다. 몸에 들러붙은 원피스가 볼륨 없이 마른 몸의 윤곽을 고스란히 드러냈지만 내버려두었다. c가 종이컵에 술을 따르고 있었다. 나는 그가 앉은 반대쪽으로 걸었다. 입을 벌리고 바람과 파도 소리를 깊이 삼켰다.

어디 가? c의 갈라지고 쉰 목소리가 허공을 갈랐다. 그 목소리는 얼른 도망치라고 재촉하는 것처럼 들렸다. 나는 걸음을 더 빠르게 떼어놓았다. 친구들은 내가 지나치게 수동적이라고 했다. 그렇지 않다면 그에게 중독된 것이라고 단언했다. c가 잠적했다가 나타날 때마다 내가 그에게 다시 돌아가는 이유를 납득하지 못했다. c가 뽑아들 카드가 더 이상 남아 있지 않다고, c가 사채업자에게 쫓겨 다녀서 무기나 목검을 머리맡에 두어야만 잠을 잔다고, 친구들에게 c의 절박한 처지를 설명할 수 없었다. 이리 와! c가 소리쳤다. 뒤돌아보자 c가 검은 봉지와 우산을 들고 따라오고 있었다. 구두를 신은 발이 모래에 빠졌고 그때마다 발을 끄집어내느라 걸음이 한

없이 느렸다. 그와 내 거리가 점점 더 벌어졌다.

해안가에 흩어진 암초들에 파도가 덮치고 있었다. 해안 절벽이 보이고 절벽 사이에 자란 해송도 눈에 띄었다. 절벽 위의 바위가 아래로 굴러떨어진 사고가 있었다고 했다. 그런 뒤부터 절벽 아래에 출입금지 팻말과 빨간 줄이 쳐졌다. 예전에는 c와 절벽 아래 넓은 바위에 올라가거나 파도에 침식되어 생긴 해식동굴에서 데이트를 했다. 동굴에 들어가서 밤새 기이한 소리도 들었다. 무겁고 어두운 더블베이스 소리가 가슴을 긋고 갔으며 한없이 흐느끼는 여자의 울음소리가 심장을 얼어붙게 만들기도 했다.

출렁, 가슴에 빨간 끈이 닿았다. 출입금지 구역 안에는 한 남자가 웅크리고 있었다. 퍼플 체크 티셔츠를 입은 쳇이었다. 쳇은 파도가 휩쓸고 가도 모를 만큼 물에서 가까운 곳에 앉아 있었다. 양 무릎 사이에 이마를 대고 있다가 인기척을 느낀 듯 돌아보았다. 왔어? 쳇이 물었다. 누군가를 기다리고 있었던 듯 고개를 들고 나를 보았다. 내 얼굴을 확인하자 쳇이 얼른 고개를 돌렸다.

그때 등뒤에서 누군가가 내 팔을 확 잡아챘다. 깜짝 놀라서 뒤돌아보았다. c가 다가와 있었다. 가쁜 숨을 몰아쉬며 내 눈을 들여다보았다. 그의 눈동자는 텅 비어 보였다. c가 내 팔을 잡아끌며 해안 절벽 아래에서 빠져나갔다. 샌들은? 모래

언덕까지 걸어 나온 그가 내 팔을 놓아주며 물었다. 맨발이었다. 그런 줄도 모르고 해안을 뛰어다녔다. c는 샌들을 찾기 위해 바다에 온 사람처럼 백사장을 샅샅이 뒤지고 다녔다. 피를 토한 듯 석양이 바다에 가득 찰 때까지, 바닷물이 검게 변할 때까지, 안개가 가시거리를 점차 좁혀올 때까지 그는 샌들을 찾아다녔다. 이윽고 그가 허리를 펴더니 바다를 바라보며 담배를 연거푸 피웠다. 나는 눈을 부릅뜨고 가장 큰 파도를 주시했다. 가장 큰 파도가 산산조각 나며 포말이 되는 것을 세었다. 열한번째 파도가 포말이 되었을 때 c가 담뱃갑을 주머니에 넣었다.

해안 절벽에서 걸어 나오는 쳇이 보였다. 백사장을 가로질러 숙소 쪽으로 걸어가고 있었다. 귤색 탑과 흰색 핫팬츠 차림의 여자가 쳇과 함께 걷고 있었다. c의 얼굴이 일그러졌다. 다신 저놈 따라가지 마. 널 죽이려고 온 놈일지도 모르잖아. 그가 등에 업히라고 다리를 구부렸다. 그의 등에 업히자 등에서 땀내와 술내가 진동했다. 한 손에는 우산과 소주가 든 검은 봉지를 들고 다른 한 손으로는 내 엉덩이를 받쳐 든 그가 모래 위를 힘겹게 걸었다. 그의 여윈 등뼈가 볼에 딱딱하게 닿았고 느닷없는 눈물이 그의 등을 적셨다.

목검 못 봤어?

c가 욕실 문을 두드리며 묻는다. 그 소리에 낮에 있었던 일

들이 다 달아나고 만다. 나는 대답 대신 샤워기의 버튼을 누른다. 샤워기의 물이 시원찮다. 욕조에 물비누를 더 많이 풀고 거품 속에 몸을 담근다. 거품 속에라도 숨어서 c와 마주하는 시간을 늦추고 싶다.

2

목검 어디 있어. 목검 말이야!

c가 욕실 문을 두드리며 소리친다. 나는 욕조 끝에 머리를 대고 있던 자세를 바꾼다. 욕실 안에 수증기가 가득하다. 천장에 맺힌 물방울이 한두 방울 얼굴에 떨어진다. 부챗살처럼 떨어지는 샤워기의 물살에 몸을 내맡긴다. 욕실에서 살 거야? 문밖에서 c가 몇번 씩이나 투덜거리며 문을 두드린다. 나는 물비누로 손바닥에 거품 덩어리를 만들어 어깨와 젖가슴에 올려놓고 천천히 문지른다.

c는 5년째 다니던 은행이 통폐합되는 과정에서 난데없이 정리해고를 당했다. 부속품이었으니까, 새 부속품이 나오면 바뀌지는 거지. c는 해고를 그렇게 이해하려 했다. 두 달 동안 집에서 틀어박혀 지내던 그가 어느 날 일어났다. 난 반듯하게 살아왔어. 시키는 대로 살았는데 한순간 잘리니까 그렇게 살던 게 왜 이렇게 분하지? 아무리 생각해봐도 보육원에

보내졌던 세 살 때부터 시키는 대로만 살았더라니까. 철든 뒤에도 내 멋대로 살아본 기억이 없어. 얼마나 놀라워? 이게 말이 돼? c가 무슨 대단한 발견이나 한 것처럼 흥분했다. 나도 고개를 끄덕여주었다. 그는 누구라도 인정할 만큼 모범적이고 반듯했다. 그러자 c의 눈동자가 허공을 향해 허둥댔다. 그의 얼굴은 달라 보였다. 반듯하게 얼굴을 가로지른 콧날이 매부리코처럼 휘어져 보였고 늘 말끔히 면도해서 푸른빛이 돌던 턱에는 수염이 삐죽하게 길어져 있었다. 그는 새로운 세상을 찾아 떠나는 듯 낯선 표정을 하고 현관을 나섰다. 그 뒤 한 주가 지나도록 핸드폰을 받지 않다가 어느 날 돌아왔다. 알아볼 수 없을 만큼 초췌한 얼굴과 말라서 헐거워 보이는 몸을 소파에 눕혔다. 그런 뒤 그는 중얼거렸다. 다 끝났어. 구제불능이 됐다고. 난 이제 영영 끝장났다니까.

아, 여깄다. 찾았어!

c가 소리친다. 나는 얼른 샤워기의 물을 끄고 수건으로 물기를 닦는다. 당장이라도 그가 목검을 들고 밖으로 나갈까봐 조바심이 난다. 모텔에 들어오자마자 나는 목검을 에어컨 실외기의 거치대 아래에 감춰두었다. c는 술에 취하기만 하면 술집의 손님에게 시비를 걸었다. 아무나 붙잡고 사채업자가 보낸 자라고 시비를 걸고 목검을 휘둘렀다. 신고를 받고 출두한 경찰에게 끌려간 그가 벌금을 물고 풀려난 것이 한두 번이

아니었다.

c는 욕실에서 나오는 나를 보자 목검을 현관문 앞에 세워 두며 침대에 눕는다. 내가 침대 모서리에 앉자 손으로 내 아래턱과 팔 안쪽을 만지더니 배 위로 올라오라고 한다. 그의 팔을 내려주자 그가 대번에 내 몸을 덮치며 침대에 눕히고 두 다리로 내 둔부를 휘감는다. 거친 숨결이 귓속에 파고든다. 목욕 끝나기만 기다렸는데 이러지 마. 다프네도 이러진 않았어. 그는 버릇처럼 다프네를 들먹인다. 미노스와 스퀼라, 케팔로스와 프로크리스. 그가 자주 써먹는 신화 속 남자들은 사랑한다는 이유로 연인을 잔인하게 죽인 자들이다. 그가 사채업자에게 쫓기자 나는 미노스와 케팔로스가 된 그가 나를 해치는 꿈에 시달리곤 했다.

팬티를 벗기려는 c의 손을 피하느라 몸이 엎치락뒤치락한다. 한 손으로 내 젖가슴을 움켜쥐고 다른 한 손으로는 내 아래를 만지려 든다. 몸을 틀어 그를 밀어내자 그가 중얼거린다. 절대 포기하지 않아. 그가 완력으로 나를 몸 아래 눕힌다. 그의 것이 내 아래에 닿는다. 한때는 따뜻하고 부드럽게 파고들던 그것은 이제 이물스럽기만 하다. 그를 피하던 내 몸이 침대 아래로 떨어지고 만다. 그는 나를 따라 내려와 레슬링 하듯 몸싸움을 벌인다. 제발 그만해. 나 수면제 먹었어. 냉랭한 내 말에 그의 것이 대번에 늘어진다. 내 몸 위에 정지한 듯 누위 있던 그가 꽥꽥대며 휴지통으로 기어간다. 쓰레기더미에 머리를 집어넣고 토해댄다. 내가 욕실에 있는 동안 검은 비닐 봉지에 든 소주를 다 마신 모양이다. 가! 그가 소리친다. 그놈한테 가! 아까 잘 따라가던데? 내가 죽으면 당장 어떤 놈이든 꼬리 치고 들러붙겠지. 그가 떠들더니 방바닥에 대자로 드러눕는다.

오늘 이상해. 침묵하던 그가 말한다. 꼭 무슨 일이 벌어질 것 같아. 생각나? 오늘이 바로 그날 같잖아. 대낮에 큰길을 걷다가 두 놈한테 잡혀갔던 거 생각나지? 길에 세워둔 차에 끌려 들어갔지. 곧바로 나를 지하 창고에 처넣었어. 곰팡이 냄새와 구토 냄새, 피비린내가 진동하던 창고…… 실종된 지 사흘 만에 계좌로 송금하라는 전화를 받았다. 신고하면 죽이겠다는 협박 전화를 받고 송금을 해주었다. 새벽 세시에 송장이 다 된 그가 집 앞 공터에 던져졌다. 그날 송금한 돈은 내가 빌릴 수 있는 돈의 최대치였지만 그가 도박을 하느라 사채로 끌어다 쓴 돈의 이자에 불과했다.

프리미어리그의 승리 팀을 예측해서 문자메시지로 돈을 거는 맞대기 방식의 도박에 손을 댄 것이 시작이었다고 했다. 돌아온 그는 수염으로 입술을 가리고 있었다. 그가 하는 말의 진위도 수염에 가려진 듯 미심쩍었다. 후불제여서 무한정 베팅했어. 브레이크가 없었어. 그 후에도 그는 도박으로 빚을

갚겠다고 바다 이야기에도 손을 댔다. 자신이 살던 시스템에 대한 저항이 기껏 도박이었냐고 내가 비아냥거렸다. 그는 저항해본 적이 없어서 저항이 무엇인지도 모르는 사람이었다. 어설프게 저항하면 올가미에 걸려든다는 것도, 움직일수록 더 옥죄어온다는 사실도 몰랐다. 그는 가족들에게 손을 벌리고 전세를 빼고 사채까지 끌어들였다. 이제 남은 것은 사채업자에게 담보로 잡힌 그의 목숨뿐이었다. 사채업자에게 협박을 당하자 몇 달째 잠적했던 c에게서 전화가 왔다. 나는 반가움보다 오싹함을 느꼈다. 마지막으로 네 생일을 챙겨주고 싶어. 그 바다에서 하루만 같이 지내고 이혼하자. 놈들이 네 앞으로도 생명보험을 들어놨어. 당장 이혼해줄게. 사흘 전 그가 다급하게 제안했다.

c가 일어선다. 중심을 못 잡고 몇 번 넘어지더니 간신히 옷을 입는다. 그는 오늘 밤을 즐길 만큼의 환각제를 마셨을 것이다. 불안과 무력감을 벗어나기 위해 그가 선택한 것은 자신을 빨리 파괴시킬 것들이었다. 나는 어디에 있었나. 나는 누구였지. 나를 위해 했던 일이 있기나 했나. 그렇게 떠들면서 삐딱하게 걸어서 세상 밖으로 나서자마자 c는 파괴되었다. 파괴에는 가속도가 붙었다. 멀쩡하게 바다를 구경하다가 해일에 휩쓸려 흔적도 없이 사라지는 일만큼이나 순식간이었다. 옷을 다 입은 그가 현관문을 열고 밖으로 나갔다. 욕정이 일

어나면 참지 못하는 그가 이대로 잠들기는 어려울 것이다. 바닷가를 어슬렁대다가 여자를 발견하면 낚아챌 것이다. 어쩌면 지금 밖으로 나가서 나를 해칠 무서운 계획을 실행할지도 모를 일이다. 잠적 후 돌연 나타날 때마다 내 삶의 뿌리를 송두리째 흔들어놓는 요구가 있었다.

컵에 든 물맛이 이상했다. 그가 약을 탄 것이 분명하다. 약을 탄 것을 모르고 물을 마신 뒤 환각에 빠져들어 그를 안은 적도 있었다. 그런 날은 새벽 내내 어지러움과 메스꺼움으로 침대에 다 토했다. 그의 얼굴에 토한 적도 있었다. 그것도 모르고 자느라 코 고는 소리를 참을 수 없어서 그의 얼굴에 베개를 올려놓고 누르기도 했다. 그의 밑바닥이 내 밑바닥이 되어가는 일이 치가 떨렸다. 그 사실을 받아들이지 않으려고 몸부림쳤다. 하지만 그는 베개를 치우고 토사물이 묻은 얼굴을 내게 비벼댔다.

끝을 알 수 없는 바닥으로 몸이 꺼져든다. 눈꺼풀이 무겁게 감긴다. 잠 속으로 소리가 자꾸만 귓속에 파고든다. 네 앞으로 생명 보험을 들었어. 놈들이 시킨 일이야. 이제 널 지키는 건 이혼뿐이야. c의 목소리를 외면한다. 그때 쳇이 어둠 속으로 걸어온다. 이쪽입니다. 이쪽이에요. 쳇이 손짓한다. 어디 가는 거죠? 절벽 쪽. 안 돼요. 거긴 위험해요. 쳇이 다가오고 나는 뒷걸음질 친다. 당신을 죽이라는 부탁을 받았어. 쳇이 떠든다. 도망치다가 모래에 쓰러진다. 쳇이 내 몸을 모래에 묻는다. 시신이 된 내 몸이 모래 속으로 사라진다. 바닷가를 서성이는 사람들이 내 몸이 묻힌 모래 위를 밟고 지나간다. 가슴이 답답하다. 나는 목을 쥐어뜯으며 살려달라고 소리치다가 눈을 뜬다.

새벽 세시. 침대에 나 혼자 누워 있다. 침대 아래에도 c는 없다. 나는 일어나서 창밖을 내다본다. 안개가 자욱하다. 그는 어디로 간 것인가. 산책하는 연인도 없고 상가의 불빛도 꺼졌다. 서둘러 옷을 입고 방을 나선다.

3

파도가 기슭으로 몰려오다가 허옇게 부서진다. 백사장을 헤매다녔으나 c는 보이지 않는다. 안개가 뱉은 것 같은 검은 물체가 움직이며 다가선다. 쳇이 먼저 나를 알아보고 놀란다. 쳇은 바람을 쐬겠다고 나간 여자친구가 들어오지 않았다고 말한다. 나 역시 남편을 찾는 중이라고 대답한다. 쳇이 손에 든 목검을 허공에 대고 흔든다. 남편의 것인데…… 복도에 던져져 있던데요. 나는 더 이상 묻지 않는다. 우리 양쪽으로 나눠서 찾아보죠. 난 해안가를 뒤질 테니까 그쪽은 술집을 뒤져봐요.

c가 해안 절벽으로 쳇의 여자를 데리고 갔을 것이다. c라면 충분히 그럴 수 있다. 그에게 남은 것은 없다. 지킬 것도 없다. 꼭 쳇의 여자를 사냥하려고 한 것은 아닐 것이다. 그가 사냥감을 찾고 있을 때 여자가 밖에서 서성거리고 있었을 것이다. 쳇은 흩어져서 찾아보자는 내 제안을 들은 척 않고 내 곁에 바투 붙어 목검을 허공에 휘두른다. c가 여자와 함께 있다는 사실을 말해주면…… c가 여자와 엉겨 붙어서 정사를 벌이고 있는 것을 쳇이 발견한다면…… 나는 고개를 젓는다. 그곳은 둘만의 특별한 장소였다. 또한 불과 몇 시간 전만 해도 c가 내 샌들을 찾고 있지 않았던가. 잃어버린 샌들을 찾느라 잔뜩 굽히고 걷던 그의 등이 떠오른다. 그 등허리에 오래전 내게 하던 말이 모두 스며들어 있었다. 당신이 없으면 난 못 살아. 그건 나도 마찬가지야. c의 목소리와 내 속삭임이 거기에 들어 있었다. 그의 등뼈를 만져본 지도 오래되었다. 그의 몸 아래 누워서 두 팔로 그의 몸을 휘감고 손가락으로 꾹꾹 눌러보던 튼튼하던 등뼈. 그것을 만질 때마다 얼마나 든든했던가. 언제까지나 그의 등뼈는 내 버팀목이 되어줄 것 같았고 나는 안전한 심장처럼 자리 잡고 있을 것만 같았다. 우리가 만난 건 운명일 거야. 자기도 그렇게 생각하지? 그럼. 우리 사랑은 영원할 거야. c와 속삭이던 목소리가 귓속에 스며든다. 당신은 나를 믿지? 그럼. 믿고말고. 내가 벼랑 끝에 몰려도 나를

버리지 않겠지? 그럼. 모든 걸 다 날린다 해도 떠날 수 없어. 모든 걸 다 날려도? 그럼! 내가 대꾸하던 목소리. 오래된 약속이 되어버린 목소리.

c와 처음 만난 곳도 바닷가였다. 근처 연수원에서 며칠째 연수를 받고 있었다. 연수 교육이 지루해서 건물 밖으로 나왔다가 담배를 피우고 있던 그와 바닷가에 다녀오자고 의기투합했다. 그곳은 군사경계선 부근에 있는 바다라고 했다. 나는 c가 안내하는 대로 좁은 인도를 걸었다. 외진 곳을 달리는 승용차가 부딪칠 듯 우리 옆을 아슬아슬하게 달렸다. 한 줄로 서서 걷는 동안 인도에 난 흙구덩이에 자주 빠졌지만 그것도 즐거웠다. 그렇게 도착한 곳이 군사경계선 부근에 있는 바다였다. 탐조등이 회전하며 사방을 환히 비추었다. 백사장이 대낮보다 밝았다. 그냥 돌아가요. 바다 가까이 다가가면 총알이 날아올 수 있어요. c가 겁을 주었다. 연인처럼 꼭 붙어서 걸으면 총을 쏘진 않겠지만. c가 시키는 대로 껴안고 해안가를 거닐었다. 총 쏜다는 건 꾸며낸 말인데 원래 그렇게 겁이 많아요? 앞으론 내가 언제까지나 지켜줄게요. 연수원으로 돌아오자마자 c가 말했던가.

어디선가 다투는 소리가 들렸는데…… 난 듣지 못했어. 아니야. 분명히 여자의 비명이 들렸어. c와 나란히 걷는 동안 안개 너머에서 남자들의 목소리가 들려온다. 해안가를 거니는 사람들이 떠드는 소리다. 쳇이 내 팔을 붙잡는다. 내 걸음이 불안정하게 비틀거린다. 분명히 싸우는 소리가 들렸다니까. 이쪽으로 사람이 올 리 없잖아. 그만 숙소에 들어가자고. <u>으스스한데</u>. 하긴…… 해마다 사람이 죽어 나가니까. 그것도 안개가 낄 때마다. 들어가서 소주나 한잔하자고. 밤바다에 어슬렁거리면서 다니는 인간들 만나면 끔찍해. 괴물들 같아. 지독한 안개가 사람 죽이겠어. 정말, 이놈의 안개는……

남자들이 떠드는 소리가 멀어져간다. 모래 속에 빠진 발이 더 무거워진다. 약을 탄 물을 마신 후유증이 올라온다. 몽롱하고 현기증이 인다. 머리를 세차게 흔들어도 소용없다. 너를 처음 본 순간 사랑에 빠졌어. 나도 마찬가지예요. 그런데 왜 그놈하고 붙어 다니는 거야? 그게 아니고…… 당장 c가 나타나서 따질 것 같은데 쳇이 내 옆에 바짝 따라붙고 있다. c는 지금 여자에게 말할지도 모른다. 너를 본 순간 난 사랑에 빠졌어, 라고. 잠이 쏟아지고 다리가 휘청거린다. 아저씨를 더 일찍 만났으면 …… 왔을 텐데. 그건 …… 도 마찬가지야. 우리 앞으로 …… 되겠죠? 그럼…… 될 거야. 아 너무 행…… 해요. 나도 …… 그래. 그 일 그만 둘 수 없어? c와 여자가 주고받는 이야기가 끊기는가 싶다가 이어지며 들려온다.

댁의 남편이 당신을 죽여달라고 했는데 알아? 쳇이 내게 묻는다. 그럴 줄 알았다고 말하며 나는 쳇을 쳐다본다. 쳇이 웃는다. 조금 더 가서 죽여야 금방 발견되지 않지. 어서 으슥한 데로 가자고. 쳇이 말한다. 왜 갑자기 멈춰요? 쳇이 묻는다. 쳇은 어느새 존댓말을 하고 있다. 그렇다면 조금 전 쳇이 반말로 떠들던 것은 뭐란 말인가. 나는 쳇이 이끄는 대로 따라 걷는다. 아, 미치겠어요. 여자의 신음 소리가 들려온다. 그만……요. 나는 손을 들어 귀를 막는다. 여자의 들뜬 목소리가 자꾸 귀에 들어와 박힌다. 걸음이 너무 비틀거려요. 중심 좀 잡으세요. 쳇이 내 팔을 더 꽉 잡는다. 쳇이 존댓말을 쓸 때마다 조금씩 현실감이 살아난다. 그래도 쳇이 나를 끌고 어디론가 가고 있다는 사실이 섬뜩하다. 쳇이 목검을 쥔 손을 내 머리 위로 번쩍 올린다. 아, 나는 고개를 움츠린다. 왜 그러세요? 쳇은 목검으로 모래를 찔러대며 걷고 있다. 나는 바닥에 주저앉는다.

  왜 그래요? 쳇이 팔을 잡아당기며 일으키려고 애쓴다. 남편이 나를 죽이라고 했어요? 쳇이 어이가 없다는 듯 웃는다. 남편이 나를 외진 데 데려가서…… 숨이 턱에 차서 가슴 깊이 품은 비밀을 털어놓듯 묻는다. 쳇, 무슨 그런 말을 해요? 내가 왜 댁을 죽여요? 어서 숙소로 가세요. 난 여자친구 찾으러 가야 되요. 사실 여자친구는…… 나는 기어코 c를 궁지에 몰아넣을 모양이다. 여자친구는? 쳇이 내 말 꼬리를 덥석 문다. 나는 망설인다. 말하세요. 어디 있는지 알아요? 쳇이 다그친다. 해, 해안 절벽 아래에…… 내 남편도 거기 있을지 몰라요. 왜 당신 남편이 거기에 있어요? 쳇이 묻는다. 내 손에 칼집이 쥐어진 기분이다. 칼집에 든 칼을 꺼내 칼끝으로 c를 찌르는 기분이다. 오래전부터 내 분노는 그를 찌르고 있었다. 하지만 아니라고 말해야 한다. 쳇에게 거짓말을 해야 한다. 사실은 술집이나 숙소로 돌아갔을 거라고 바꿔 말해야 한다. 하지만 쳇이 나를 해칠 것이 무섭다. c가 여자와 질펀한 정사를 벌이는 장면이 떠오르자 나는 두 손으로 얼굴을 가린다. 쳇에게 맡겨야 한다. 쳇이 해결해줄 것이다. 모든 것이 끝장났어. 난 끝이야. c의 목소리가 들려온다.

쳇이 나를 잡았던 손을 놓고 일어선다. 해안 절벽에 가봐야겠어요. 낮에도 거기서 만났으니까. 쳇을 말려야 하는데 말이 나오지 않는다. 그런데 참, 쳇이 말한다. 아까 말한 거요. 잘못 짚었어요. 내가 맡은 사람은 당신이 아니에요. 여긴 맞지만 오늘이 아니고 며칠 후에 한 놈을 처치하죠. 당신 남편이 부탁한 건 아니고. 그런데 내가 그런 사람인 줄 어떻게 알았어요? 쳇이 소리 내어 웃더니 목검을 휘두르며 안개 속으로 걸어들어간다. 그렇다면, 그렇다면…… 나는 쳇을 불러 세운다. 거기 가지 말라고 소리친다. 그를 해치지 말라고 부탁한다. 하지만 이미 늦은 것이다. 쳇은 사라지고 나는 모래에 드러누워 꼼짝할 수 없다. 눈이 감긴다. 정신을 차리려고 해도 소용

없다. 나는 무슨 일을 저지른 것인가.

나, 나쁜 사람 아니야. 어디선가 c의 목소리가 들려온다. 내 남자친구가 곧 찾아올 거예요. 나를 건드리면 죽이려 들걸요? 나 때문이라면 무슨 짓이든 저지르는 사람이니까요. 이, 이러지 마세요. 네가 나를 따라왔잖아. 아저씨가 끌고 왔잖아요. 내 남자친구에게 일이 생겼다면서…… 그게 그거지. 오늘 밤 무슨 짓이든 하지 않고는 견딜 수 없어. 어디서 들려오는 소리인지 확인할 수 없다. 확인이 불가능한 소리에 자꾸 귀를 기울인다. 살려주세요. 그, 그만하라니까요. 발코니에서 들었던 고음에 쉰소리가 섞여 있는 여자의 목소리가 들린다. 그러다가 툭 툭 툭 둔탁하게 내리치는 소리가 들린다. 내리칠 때마다 c가 비명을 지른다. 비명이 잦아들자 침묵이 길게 끼어든다. 내 등에 검고 붉은 모래가 들러붙어 있을 것이다.

얼마나 지난 것인가. 인기척에 눈을 뜬다. 내 앞으로 여자의 손을 잡은 쳇이 지나간다. 그들은 나를 발견하지 못한 채 안개 속으로 사라진다. 안개를 뚫고 안개 밖으로 나간 것인지 확실하지 않다. 여기서 뭐하는 거요? 낯선 남자가 내 몸을 흔든다. 이것 보세요. 일어나세요. 여기서 자면 어떻게 해요? 정복을 입은 경관이다. 여긴 우범지대예요. 여자 혼자 누워 있다니. 큰일나겠네. 경관이 손을 내민다. 숙소가 어디요? 내가 데려다줄 테니 일어나요. 근데 신발도 안 신었네? 경관이 혀를 찬다.

하여간 잃어버리는 덴 천재야. 샌들을 찾던 c의 목소리와 카메라의 셔터 누르는 소리가 뒤섞여 들려온다. 카메라는 숙소에 있을 것이고 우리가 헤어져도 필름은 남아서 그와 나의 마지막 날을 기억할 것이다. 문득 c가 찍은 내 마지막 모습이 궁금해진다. 찍히지 않으려고 도망 다녔지만 나를 찍어대는 그가 안쓰러웠다. 외면하던 그 순간에도 그는 말했다. 너는 내 연극의 주인공이야. 내 연극을 빛내주거든. 그래서 난 너를 찍어둬야 해. 필름 파일을 보면 확인할 수 있을 것이다. 그에게 내가 어떻게 비춰졌을지. 내 표정과 그가 찍은 각도만 봐도 알 수 있다. 그에게서 달아나던 내 모습과 사진을 찍던 그의 모습이 오버랩 되며 눈앞에 어른댄다. 정말 괜찮아요? 새벽이 다 되어서 그나마 다행이오. 경관이 말할 때마다 그의 입이 일그러져 보인다. 괜찮다고 말해주자 경관이 몸을 직선으로 세운다. 그럼 바로 숙소에 돌아가요. 다시 말하지만 여긴 위험해요. 경관이 사라진다.

나는 해안 절벽을 쳐다본다. 우리가 만난 건 신의 계시일 거야. 그렇지? 그럼. 나는 스퀼라를 사랑한 글라우코스지. 난 모든 걸 파멸시키는 스퀼라보다 아프로디테가 더 좋은데. 아프로디테는 아름답지만 아도니스한테 빠져버렸어. 우리 사랑은 그렇게 비극으로 끝나지 않겠지. 그렇지 않을 거야. 너와

난 케윅스하고 알퀴우네처럼 살게 될 거야. 아, 케윅스와 알퀴오네…… 그들도 바다 때문에 영원히 사랑하게 됐거든. 에로스하고 프시케처럼 되는 건 아니겠지? 프시케가 에로스를 끝까지 믿었더라면! c의 목소리가 들린다.

하늘이 암청색으로 밝아온다. 나는 해안 절벽을 향해 모래를 밟으며 걷는다. 어둠이 끝날 것 같지 않았는데 새벽이 어김없이 오고 가려졌던 절벽도 선명하게 드러나고 있다. 그와 내가 사랑을 나누던 절벽 아래의 넓은 바위를 지난다. 그때 무언가 내 발에 걸린다. 목검이다. 나는 몸을 구부리고 목검을 집어 든다. 목검에 피가 묻어 있다. 목검을 멀리 던진다. 목검이 떨어진 근처에 검은 물체가 널브러져 있는 것이 보인다. 다리에 힘이 풀리면서 그 자리에 주저앉고 만다. 무릎으로 기어서 검은 물체에 다가간다.

서늘한 모래 위에 누워 있는 것은 c였다. 오래전부터 이곳에 누워 풍장이 되고 있던 사람 같다. 두 손으로 c의 얼굴을 만진다. 광대뼈가 불거진 긴 얼굴과 뾰족한 콧날은 어디로 가고 퉁퉁 부어 윤곽이 없어진 얼굴을 만진다. 길게 늘어진 귀는 아무 소리도 듣지 못할 것이다. 벗은 몸은 피투성이다. c의 등 아래 모래가 붉다. 이대로 두면 그의 몸에서 쏟아진 피가 주변의 모래를 온통 붉게 만들 것이다. 그가 입술을 움직인다. 나는 그의 입에 내 귀를 바짝 갖다 댄다. 다, 다행이야……

더 이상 말이 없다. 그의 눈은 산란하여 아무것도 응시하지 않고 있다. 그의 몸을 흔들어본다. 아무런 소용이 없다. 나는 허공에 대고 살려달라고 소리친다. 안개를 뚫고 불빛까지 그 소리가 닿을 것 같지 않다. 어디서부터 잘못되었는지 묻고 싶지만 어디에 물어야 할지 알 수 없다. 무작정 뛰기 시작한다. 불빛이 있는 방향을 찾아 뛰는 줄 알았다. 안개의 벽을 뚫으며 뛰는 줄 알았다. 그를 살려달려고 말하려고 뛰는 줄 알았다. 아니었다. 돌아와! 도망가지 마! 그가 소리치는 것 같았지만 나는 뒤돌아보지 않은 채 있는 힘을 다해 도망치고 있었다.

새로운 환자

또 하루가 시작되었다. 오늘도 강당에는 열 개의 테이블이 놓여 있다. 테이블 왼쪽 의자에 봉사자들이 하나둘씩 앉는다. 열시가 가까워지자 내 옆의 빈자리도 모두 찬다. 마이크 테스트를 하겠습니다. 아아, 마이크 테스트 중입니다. 복지사가 무대 구석에서 마이크를 점검하느라 분주하게 움직인다. 벽시계가 드디어 열시를 가리킨다. 거의 동시에 강당 입구가 술렁거린다.

지팡이를 짚거나 보조 기구에 의지한 노인들이 강당 안으로 한 발씩 내디딘다. 노인을 태운 휠체어를 밀며 요양사도 뒤따라 강당으로 들어온다. 보행이 가능한 노인은 테이블 오른쪽 의자에 앉고 휠체어에 탄 노인은 그 옆에 자리 잡는다.

노인들은 대부분 숏컷 머리에 마른 얼굴이다. 입 주위가 움푹 꺼지고 입가에 주름이 자글대는 것도 비슷하다. 더군다나 분홍색 티셔츠와 회색 바지를 똑같이 입고 있다. 72세, 강길순. 89세, 최복순. 85세, 김여단. 가슴에 부착한 이름표가 노인들을 간신히 구분해준다. 지금부터…… 삐이이익…… 복지사의 목소리와 마이크의 기계음이 뒤섞인다.

"뭣 하는 짓이야, 이 쌍년들아."

한 노인이 소리를 지르며 벌떡 일어난다. 복지사에게 삿대질을 하면서 욕을 한다. 요양사가 노인에게 다가서서 손을 잡고 안아준다. 노인이 다소곳해지자 제자리에 앉힌다. 죄송합니다. 삐이이익…… 마이크의 잡음이 몇 차례 되풀이된다. 몇몇 사람이 귀를 막으며 진저리를 친다. 복지사가 고개 숙여 사과를 한다. 그러는 동안에도 노인은 몇 번이나 일어나서 삿대질을 하고 악다구니를 퍼붓는다.

"저 어르신은 증상이 경미해서 오늘 행사에 참석시켰지요. 어제 입소해서 제대로 상태를 몰랐습니다."

맨 뒤에 서서 행사를 참관하는 내빈에게 복지사가 양해를 구한다. 양복 차림의 국장과 원장, 시설을 견학 나온 주민들이 고개를 끄덕인다. 그럼 지금부터 천사들과의 만남, 오늘 프로그램을 진행하겠습니다. 복지사의 말에 모두 박수를 짝짝짝 친다. 국장과 원장의 인사가 이어진다. 인사말이 길어질수록 노인들은 몸을 비틀고 자세를 바꾼다. 허리가 심하게 구부러진 노인은 턱을 가슴에 붙이고 꾸벅꾸벅 존다. 무표정하게 고개를 숙이거나 아예 테이블에 턱을 괴고 엎드려 자는 노인도 늘어간다.

나는 유리창 가로 시선을 옮긴다. 창 너머로 보이는 아파트가 그려 붙인 듯 센터 건물에 바짝 붙어 있다. 아파트 베란다에서 빨래를 너는 여자가 보인다. 여자는 두 손에 와이셔츠를 쥐고 서너 차례 털더니 건조대 옷걸이에 건다. 옷을 널면서도 요양원에서 눈을 떼지 않는다. 행사가 진행될 때마다 여자는 어김없이 베란다에 나타났다. 여자가 허리를 구부리더니 빨래바구니에서 망원경을 꺼내 든다. 여자는 난간에 기대어 요양원 내부를 본격적으로 관찰한다. 망원경을 눈에 대고 있는 여자는 외계인처럼 보인다. 이윽고 여자의 등뒤로 한 남자가 다가선다. 남자는 여자에게서 망원경을 건네받는다. 남자의 망원경이 나를 포착한 듯 내가 앉은 위치에 고정된다. 남자가 손가락으로 이곳을 가리키며 여자에게 무언가를 설명한다. 아파트 유리창이 안경을 쓴 사람들의 눈초리처럼 빛난다. 하지만 그들은 이 센터의 지하 이층에 장례식장과 영안실과 화장터까지 있다는 사실도 알까. 며칠에 한 번씩 노인이 죽어나가고 연고가 없는 노인은 그날로 화장되어서 화단에 뿌려진다는 것도.

"예뻐, 예뻐."

맞은편의 노인이 내 옆에 앉은 여대생을 가리키며 반복해서 떠든다. 마치 새로운 사실을 알아챈 어린아이처럼 진지하다. 나는 여대생을 힐끗 쳐다본다. 과연 여대생은 노인의 말대로 제법 곱상하고 예쁜 얼굴이다. 하지만 여대생은 노인의 관심에 전혀 반응하지 않는다. 핸드폰으로 문자를 전송하거나 습관처럼 핸드폰의 폴더를 여닫을 뿐이다. 간혹 열 손가락을 활짝 펼쳐서 까맣게 매니큐어 칠한 손톱을 내려다본다. 강박적으로 그런 행동을 계속하면서도 노인의 시선을 애써 피하는 눈치다. 어떻게 여기에 오게 됐어요? 내가 여대생에게 물어본 적이 있다. 그야 당연히 봉사 점수가 필요해서지요. 다들 그래서 온 게 아닌가요? 아니라면 도대체 이런 구질구질한 곳에 왜 왔겠어요? 여대생은 아랫입술을 살짝 깨물면서 대꾸했다.

"최임순 어르신 기저귀 갈아드리세요."

1부 행사가 끝나자 주연이가 테이블을 돌면서 요양사에게 지시한다. 주연이는 이 센터의 책임 간호사다. 대학병원의 응급실과 중환자실에서 근무하다가 이 센터로 옮겨왔다. 매일 여섯 시에 기상하는 노인들의 위생과 검진과 투약을 책임진다. 요양사가 최임순 노인이 탄 휠체어를 밀고 행사대열에서 빠져나간다. 그러자 주연이가 내게 따라오라는 눈짓을 보내

며 돌아선다. 주연이는 강당 로비를 지나서 옥상 정원에 들어
선다. 할 만해? 주머니에서 음료수를 꺼내 내 손에 쥐여주며
묻는다. 시설에서 일하게 해달라고 부탁하자 처음에는 주연
이가 펄쩍 뛰었다. 여긴 그렇게 만만한 데가 아냐. 더군다나
넌…… 주연이는 잠시 망설이더니 내뱉듯 말했다. 네 남편도
지금 정상이 아니잖아. 그런데 왜 하필 이런 데서 일하려고 해?
주연이는 한사코 나를 말렸다.

　"어르신들 여기로 모시고 나오면 좋아하겠어."

　나는 말머리를 슬쩍 돌리며 꽃들을 바라본다. 연분홍 작약
이 흐드러졌고 붉고 흰 장미 꽃잎도 눈부시게 아름답다. 하얀
치자 꽃은 옥상 가득 향기를 뿌린다. 이곳은 그냥 접대용이야.
홍보용 행사 같은 거지. 꽃들이 피고 져도 어르신들은 한 번
도 이곳으로 나온 적이 없어. 주연이가 웃으며 대꾸한다. 지
하 일층은 일반인을 위한 식당이고 일층은 업무를 보는 사무
실이다. 그러니 노인들의 공간은 지극히 제한되어 있다. 기껏
자신의 침대와 가끔씩 오르내리는 강당이 지하 이층의 영안
실로 내려가는 날까지 치매 노인들이 차지할 수 있는 공간의
전부인 셈이다.

　"어젯밤에도 어르신 한 분이 돌아가셨어."

　주연이가 한숨을 내쉬며 말한다. 줄곧 베드에 누워 있던 어
르신인데 임종이 임박한 것을 체크하지 못하고 퇴근한 게 불

찰이었어. 한밤중에 당직 간호사가 보호자에게 연락을 했지만 불통이었고. 결국 어르신은 혼자 돌아가셨지 뭐야. 그러니 아침이 되어서야 연락을 받고 온 보호자들이 한바탕 난리가 난 거지. 주연이가 축 늘어진 목소리로 말한다. 자세히 보니 주연이의 얼굴이 푸석푸석하다. 스트레스 살이래. 이거. 주연이가 허릿살을 만지며 웃는다. 요새 하도 답답해서 점쟁이를 찾아갔어. 점쟁이가 별말을 한 것도 아니야. 힘들어서 왔구면. 한마디 했을 뿐이야. 그런데 그 말을 듣고 나니까 눈물이 막 쏟아지더라. 내가 누구 앞에서 울어본 적이 없거든. 말을 끝맺지 못하고 주연이는 눈을 자꾸 깜박인다. 완벽하게 화장한 얼굴이 순간순간 일그러진다. 무슨 말인가 하려다가 결국 주연이는 아무 말도 꺼내지 못한다. 어서 들어가자. 원장한테 찍혀서 나 이러다가 언제 잘릴지 모르겠다. 주연이가 서둘러 일어선다.

"자, 여기를 주목해주세요. 오늘 함께할 어르신과 짝짓기를 하겠어요."

복지사가 바구니를 들어 올린다. 바구니에서 쪽지를 두어 장 꺼낸다. 콩쥐, 하면 누가 생각나죠? 네, 그렇지요. 팥쥐를 찾아가야지요. 거지, 하면 왕자를 찾아가세요. 이제 잘 알겠죠? 복지사가 또 한 장의 쪽지를 꺼내 든다. 내 짝은 누가 될까. 87세의 너무 마른 저 노인은 금방 쓰러질 거 같아. 남자 노인이 되면 좀 어색하지 않을까. 시도 때도 없이 소리를 지르는 괴팍한 노인이 짝이 되면 감당할 수 있을까. 내 마음은 자꾸 움츠러든다. 마침내 내 앞으로도 바구니가 온다. 그 속에 손을 집어넣고 쪽지를 집는다. 쪽지에는 동백 아가씨라고 쓰여 있다. 동백 아가씨라고 복지사가 소리치자 누군가 이미자라고 대꾸한다. 아, 여기예요. 한 요양사가 손을 흔든다. 그런 뒤 휠체어를 밀고 내게로 다가온다. 이상순. 80세. 나는 휠체어에 탄 노인의 이름표와 얼굴을 살핀다. 노인은 말랐지만 눈은 맑고 깨끗하다. 잡아 쥔 노인의 손이 얼음처럼 차갑고 검불처럼 가볍다. 우리 딸, 어디 갔다 온 거야? 노인이 대뜸 묻는다. 그런 뒤 시간 간격을 두고 계속 묻는다. 우리 딸, 어디 갔다 온 거야?

"자, 장복수 어르신, 우리에게 노래 좀 들려주세요."

복지사가 남자 노인을 지목한다. 그는 이곳에 어울리지 않아서 줄곧 내 눈에 띄던 노인이다. 64세 나이가 무색하도록 젊어 보인다. 더군다나 그는 구경꾼처럼 노인들을 안쓰럽게 쳐다보곤 했다. 돌출행동을 하는 노인을 보면 마치 자신이 저지른 일처럼 얼굴을 붉혔다. 혹시 치매를 가장해서 이곳에 들어온 것은 아닌가. 오해를 했을 정도다. 그것은 내가 늘 남편에게 보냈던 의혹의 눈초리이기도 했다. 비겁하고 이기적이어서 센터로 들어간 것이라고 단언할 때마다 남편에 대한 분노의 감정이 치솟았다. 재활센터에 들어서던 건장한 체격의 남편처럼 노인도 너무나 멀쩡해 보였던 것이다.

"이분은 대학도 나왔답니다. 가곡을 얼마나 잘 부르는지 깜짝 놀랐어요. 한번 들어보고 싶죠?"

장복수 노인의 얼굴이 새빨개진다. 사람들이 박수를 치자 마지못한 듯 일어난다. 노인은 풍부하고 정확한 감정을 넣어서 가곡을 부른다. 남편이 그랬듯이 저 노인 역시 현실에서 도피한 것뿐이야. 완벽하게 가곡을 부를수록 남편에 대한 분노의 감정도 자꾸 되살아난다. 노래를 다 부른 노인이 고개를 숙여 인사한다. 노인의 목 뒤에 달린 커다란 혹이 한눈에 들어온다. 저 혹 때문에 노인이 이곳에 격리된 것인가 생각한 적도 있다. 하지만 혹 때문이라면 외과나 내과로 가야 하는 것이 아닌가. 저 노인의 분노나 한이 저 혹 속에 단단히 박혀 있기라도 한 것인가. 만약 남편에게도 저렇듯 선명하게 드러난 장애가 있다면 남편이 덜 원망스러웠을지도 모른다. 노인에게 앙코르 신청이 이어진다. 그러자 노인은 또 한 곡의 노래를 준비하느라 큼큼거린다.

반년 가까이 남편은 부모님이 살던 집 이층 방에서 내려오지 않았다. 올라가 보면 구석진 곳에 우두커니 앉았거나 누워 있었다. 가끔 아래로 내려와도 거실을 서성이는 것이 고작이었다. 방으로 음식을 가져다주어도 손도 대지 않은 날이 더 많았다. 눈이나 귀나 목이 아프다고 병원을 전전하는 일이 잦아졌다. 병원에서 준 한 움큼의 약을 쓰레기통에 넣거나 자신의 입으로 털어 넣는 것은 어느 쪽도 남편을 변화시키지 않았다. 보다 못한 내가 그를 정신병원에 데리고 갔다. 의사는 남편과 상담을 마치자 그를 밖으로 내보냈다. 퇴행하면서 평생 살게 될 겁니다. 절대 사회생활이 불가능해요. 그런 희망을 버려야 할 겁니다. 의사는 확신에 차서 통보했다. 이제 스물여덟 살이에요. 나는 얼굴을 붉히며 발끈했다. 의사는 어떤 경우든 나을 수 있다고 말해야 하는 것 아닌가. 지금부터 치료를 시작해보자고 청진기를 들이대는 것이 순서가 아닌가. 의사의 한마디 말로 남편의 인생이 확정될 수는 없지 않은가. 하지만 의사는 일말의 희망도 주지 않았다. 그런 의사에게 하마터면 나는 욕을 퍼부을 뻔했다. 그러기엔 너무 충격이 컸어요. 의사는 한 발도 후퇴하지 않았다.

나는 허리를 구부정하게 구부린 남편과 함께 병원에서 빠져나왔다. 머리 위에는 땡볕이 내리쬐고 개펄 위를 걷는 것처럼 발이 푹푹 빠져드는 듯했다. 남편에게 의사의 말을 단 한마디도 옮길 수 없었다. 나는 허공만 보고 걸었다. 옆에 그가 있는 것도 잊은 채 어두워질 때까지 헤맸다. 며칠 뒤 나는 혼자 병원을 다시 방문했다. 방법을 좀 찾아달라고 의사에게 통사정했다. 모든 것을 다 받아들이세요. 이렇게 된 사실을 부정하지 말고 그대로 받아들여야만 환자가 숨을 쉴 수 있을 겁니다. 의사는 내게 당부했다. 환자라는 말에 울컥, 무엇인가 올라왔다. 그가 환자라고 인정하는 일이 부당하게 느껴졌다. 남편은 견실한 직장인이었다고 나는 계속 우겼다. 의사는 어떤 연민조차 없이, 아니 오히려 못마땅하다는 표정을 지으며 나를 마주보았다. 그런 뒤 남편에게 맞는 재활센터를 안내하고 소견서를 써주었다.

"앵콜, 앵콜!"

또다시 앵콜 요청이 이어진다. 장복수 노인은 여전히 얼굴을 붉히면서도 노래를 이어간다. 떡갈나무 숲 속에, 졸졸졸 흐르는, 아무도 모르는 샘물이기에, 아무도 모르라고, 도로 덮고 내려오지요. 도로 덮고 내려오는 이 기쁨이여. 여느 성악가 못지않다. 사람들의 환호와 박수가 강당에 넘친다. 자, 이제 다른 어르신도 점심 전에 간단한 체조와 노래를 하겠습니다. 요양사가 가벼운 손뼉과 동작을 유도한다. 나는 조각물처럼 움직이지 않는 이상순 노인의 손을 잡고 맞부딪쳐준다. 그러자 노인은 있는 힘을 다해 박수를 친다. 이제 그만 하셔도 돼요. 다시 손을 내려줄 때까지 열정적인 박수가 이어졌다. 요양사가 노인들에게 노래를 시킨다. 그러면 어떤 노인이든 막힘없이 노래를 부른다. 노인에게 삶이 있었다는 것을 증명해주는 것은 기억 속에 남아 있다가 터져 나온 바로 그 노래

뿐인 듯.

노인들은 빠짐없이 자신들의 노래를 모두 한 곡씩 가지고 있다. 노인이 노래를 부르는 동안 모두 숨을 죽인다. 종교집회보다 더 엄숙하다. 요양사가 이번에는 90세, 김혜연 노인에게 다가간다. 노인은 늘 입을 꾹 다물고 있다. 그래서 노인이 입을 열면 폐허 같은 입속에서 거미 몇 마리가 기어 나올 것만 같다. 어르신, 한번 불러보세요. 신명 나게 불러보시라니까요. 자아, 하나 둘 셋, 두마안강, 푸른 물에…… 그러자 김혜연 노인이 입을 벌린다. 밥 먹을 때 외에는 딱 한 번, 자신의 노래를 부를 때 비로소 입을 여는 것이다.

"때려쳐, 이 쌍년들아."

괴팍한 노인은 요양사 앞으로 다가선다. 밀칠 듯 몸을 들이밀며 박수를 쳐댄다. 요양사가 노인에게 장단을 맞추면서 미소를 짓는다. 노인의 몸동작이 점점 더 커지자 요양사가 뒤로 물러선다. 이번에는 노인이 내 앞으로 와서 몸을 들이대며 춤을 춘다. 나를 삼킬 듯 똑바로 쳐다보는 노인의 에너지가 무시무시하다. 적당한 가식과 예의를 차리면서 살아온 나로선단 한 번도 발설해보지 못한 적나라한 동작이다. 주연이가 다가오더니 괴팍한 노인을 내게서 떼어내며 요양사에게 인계한다. 어르신 어서 점심 드리고 병동으로 격리시키세요. 요양사에게 지시한다.

소란한 가운데에도 어느새 점심 식사가 시작되고 있다. 이상순 노인은 김치와 멸치볶음과 호박전을 미역국에 모두 만다. 그것을 한가득 숟가락에 떠서 입에 쑤셔 넣는다. 누가 뺏어 먹을 것처럼 게걸스럽게 먹어치운다. 물수건으로 닦아주려고 하자 고개를 마구 젓는다. 물수건이 꺼림칙하다는 표정을 지을 때는 전혀 치매노인 같지 않다. 저렇게 먹고 나서 용변으로 경단을 빚어요. 그걸 또 다른 노인과 나눠드시고. 요양사가 노인 곁으로 다가오더니 내게 알려준다. 그렇게 말하면서도 요양사는 미역국을 더 담아준다. 노인의 이마와 콧등에 땀이 송송 맺힌다.

차나 한잔하고 오자. 노인들의 식사 수발이 끝나고 휴식시간이 되자 주연이가 내 손을 잡아끈다. 우리는 이층 휴게실로 내려간다. 너, 이렇게 사는 내가 행복한 거 같으니? 커피잔을 비우며 주연이가 뜬금없이 묻는다. 무슨 말이냐는 듯 쳐다보자 주연이가 한숨을 내쉰다.

"나 여기 있으면서 예쁘게 꾸미고 잘살고 그럴듯하게 보이고 사는 게 지겹다. 지쳤다."

"넌, 항상 행복하다고 했잖아. 입만 열면 남편 자랑이더니……"

"그거 다 체면 때문이야. 사실 우리 남편 얼마나 목석인 줄 알아? 병원에서 나이트하고 내가 밤늦게 들어가도 늘 코를 골고 먼저 잠들어 있는 사람이지. 그 사람, 성실하거나 유능한 게 아냐. 그냥 일 중독자야. 새벽에 가끔 얼굴을 마주보면 서로 안부 인사를 한다니까. 사람들은 그런 반듯한 남편 만나서 좋겠다고 얼마나 칭찬들 하는지. 이젠 정말 지겹다."

주연이가 침울해지더니 한동안 허공을 바라본다.

"너희 남편은 아직도 여전하니?"

주연이의 목소리가 조심스럽다. 가스중독에 걸린 시부모님을 모시고 간 병원이 주연이가 당직 근무를 하고 있던 응급실이었다. 하지만 그때는 이미 사망한 뒤였다.

"너희 남편이 내내 소리를 질렀잖아. 자기가 죽였다고, 자기 때문에 부모님이 돌아가셨다고 같은 소리만 해댔지. 그 모습이 어제 일처럼 생생하다."

"늘 머릿속엔 그 생각뿐인 것 같아. 그날 이후로 시간이 멈춰버렸어."

정말 남편에게 단 한 가지 잘못이 있었다면 하필 그날 시골집에 내려갔다는 것이다. 남편은 춥다는 어머니 말에 늘 열어놓고 지내던 안방의 다락문을 닫았다. 그날은 유독 습기가 많은 겨울이었고 가스차단기가 제대로 작동되지 않았다. 두 분이 졸지에 가스중독으로 돌아가시자 남편은 자신이 다락문을 닫았기 때문이라고 확신했다. 하지만 제대로 확인하지 않고 일찍 잠자리에 든 나 역시 죄인 같은 심정이기는 마찬가지였다. 남편은 장례식이 끝난 뒤에도 부모님이 살던 집에서 꼼짝하지 않았다. 움막만 짓지 않았다 뿐이지 평생 머리를 풀고 살 사람 같았다. 남편은 다니던 직장조차 그만두었다. 그런 행동은 나를 책망하는 것처럼 느껴지기도 했다. 내색하지 않아도 나를 내치고 거리를 두려 한다는 자책에 사로잡히게 만들었다. 그래서 남편에게 투정도 할 수 없었고 남편 곁에 머물겠다고 할 염치도 없었다. 남편이 부재한 집에 틀어박혀서 나는 정신을 잃을 만큼 술에 취하는 일도 생겼다. 맥주 거품 속에서 허우적거리다가 술 냄새 나는 얼굴로 센터에 있는 남편에게 면회를 갔다. 그러는 동안에도 시간은 계속 흘렀다. 마치 아주 오래된 커튼이 누군가 걷어치우기 전까지 그대로 걸려서 먼지를 덮어쓰고 있는 것처럼. 그것을 걷기 위해 손을 대면 커튼은 재가 되어서 풀썩 내려앉으며 그제야 얼마나 시간이 흘렀는지 알려주게 될 것처럼. 너나 나 역시 한번 툭 치면 그대로 무너질 것 같은 순간이 있잖아. 아주 작은 바늘구멍에도 터져버리는 커다란 풍선 같은 게 우리 모습인지도 몰라. 주연이가 중얼거렸다. 그래 맞아. 내가 참을 수 없는 게 바로 그거야. 나는 고개를 끄덕인다.

　이상순 노인에게 말벗을 해줄 시간이다. 나는 노인의 거처로 들어간다. 노인이 기거하는 방에는 붙박이장뿐 아무것도 없다. 다른 노인들은 방 통로에 놓인 의자에 앉아 있고 이상순 노인만 방에 혼자 덩그러니 누워 있다. 우리 딸 왔어? 어디 갔었어? 노인이 예외 없이 묻는다. 나는 노인을 일으켜서 벽에 기대앉도록 도와준다. 내가 살던 데는 수원이야. 아들을 못 낳는다고 쫓겨났어. 이층에 세 들어 살았는데 발을 헛디뎌서 굴러떨어진 거야. 그래서 다리를 다쳤어. 나을 만하니까 날 이곳에 데려다 놨어. 아무리 말해도 내보내주질 않아. 내가 살던 집에 가고 싶어. 난 멀쩡하다니까. 맞은편에 있는 입원실을 가리키며 노인이 속삭인다. 코에 호스를 끼운 채 누워 있는 이십여 명의 노인을 나도 힐끗 쳐다본다. 집에 가고 싶어. 노인의 하소연이 이어진다.

나는 하소연을 모른 척하며 노인과 함께 작업한 거울을 보여준다. 미술 치료 시간에 판에 지점토를 바르고 구슬로 꾸민 거울이다. 예쁘시죠? 웃어보세요. 거울 속에 누가 있나요? 이상순 노인은 한동안 거울을 들여다본다. 그러더니 거울 속에 나타난 노인과 내 얼굴을 쓰다듬는다. 거울 속에 보이는 이상순 노인은 눈썹과 속눈썹에 문신을 한 흔적이 도드라진다. 얼굴에 칼을 대거나 문신을 하는 것을 혐오했는데 그런 내 혐오의 감정이 도리어 우스꽝스럽다. 무기력한 다른 노인들보다 문신한 이상순 노인의 얼굴이 더 생생하게 도드라져 보인다.

노인은 시간이 지날수록 더 집요하게 집에 보내달라고 보챈다. 나는 노인을 휠체어에 태워서 밀어준다. 요양사가 안

보는 틈을 타서 옥상 화원으로 나온다. 화원에 핀 꽃들이 햇빛을 따라 얼굴을 돌린다. 노인은 무표정하다. 이 꽃이 무슨 꽃인 줄 아세요? 물어도 노인은 대답하지 못한다. 장미나 철쭉이나 흔한 작약도 모른다. 나, 집에 가고 싶어. 노인은 꽃은 아랑곳하지 않고 집 타령만 한다. 나는 옥상 강당 로비로 들어와서 엘리베이터를 탄다. 휠체어를 밀고 몰래 요양소 밖으로 나온다. 아마 노인은 이곳에 들어온 이래 처음 건물 밖으로 나왔을 것이다. 하지만 밖으로 나와도 노인은 무표정하다. 동네를 한 바퀴 돌고 들어갈까. 어느새 나는 동네 어귀로 나선다.

노인의 휠체어를 밀고 나오는 동안 남편의 눈빛이 자꾸 떠오른다. 아무런 감정도 없는 타인을 대하듯 나를 물끄러미 바라보던 그의 눈빛. 잔소리를 해도 대꾸 없이 고개만 숙인 채 주먹 쥔 한 손을 긁어대던 왼손가락들의 움직임. 허공만 바라보던 모습. 어깨를 잔뜩 움츠린 채 재활센터로 가던 날도 떠오른다. 그날 남편은 물 먹어 휘어진 나무판자처럼 굳은 어깨 밑으로 두 팔을 늘어뜨리고 흐느적대며 걸었다. 센터의 복도는 육식공룡의 입처럼 무엇이든 삼킬 것 같았다. 복도 옆면마다 이빨처럼 의자들이 놓여 있었다. 긴 복도 끝에는 비상구라고 쓴 불빛이 인후염에 걸린 목구멍처럼 빨갛게 번쩍였다. 남편은 무심한 표정으로 내 옆에 다소곳이 앉았다. 나는 눈을 지그시 내리뜨고 바닥을 보았다. 그는 눈에 띄지 않을 만큼 몸을 자꾸 흔들었다. 마치 체에 곡식을 넣고 까부르듯 몸속의 혼란을 까부르는 중이었다. 센터로 들어가는 그는 모든 것에 미련이 없는 얼굴이었다. 졸지에 보호자가 되어버린 내 얼굴이 오히려 더 새파랗게 질려 있었다.

그곳에서 몇 달이 지난 뒤 남편에게 변화가 생겼다. 면회를 가자 남편이 말했던 것이다. 이렇게 살 수는 없어. 이제 취직해서 여기서 나가야지. 나는 눈시울이 뜨거워졌다. 심경의 변화를 일으킨 이유가 여자 때문이라는 것이 문제였다. 저기 테이블 끝에 여자아이 보이죠? 면회를 끝내고 나온 내게 센터장이 한 여자를 가리켰다. 흰 머리핀을 가리마 부근에 꽂은 단발머리 여자가 눈에 들어왔다. 나사가 빠진 듯 어딘가 모자라는 인상이었다. 우리가 쳐다보자 마주보며 히죽 웃었다. 저 여자아이 때문에 남편분이 마음고생을 좀 했어요. 나는 다시 여자를 자세히 보았다. 가냘픈 체격에 얼굴이 창백했다. 저 여자아이한테 자꾸 관심이 가나 봐요. 자신보다 처지가 안 됐다고 생각해서 그런지 잘 알 수 없는데요. 어쨌든 지켜주고 싶다고 했어요. 별 다른 행동 없이 그냥 정신적으로 다가서더라고요. 그런데 아까 봤죠? 워낙 여자아이가 정신연령이 낮아서 그런 감정을 못 받아들이는 거예요. 아무나하고 손잡고 누구나 좋다고 끌어안으면 안기고. 한마디로 일상적인 생활이 불가능한 거죠. 그래도 도움을 줄 수 있도록 해달라고 하더군요. 사실 현실성이 없는 말이지요. 아직은 시기상조라고 돌려서 말했어요.

이성적으로 생각하면 남편이 타인에게 관심을 가졌다는 자체는 분명히 긍정적인 변화였다. 어쩌면 그가 조금씩 치유되는 기미였다. 직장을 다니겠다는 것은 얼마나 바라던 일인가. 하지만 하필이면 여자 때문이라니. 나는 한사코 여자라고 말했고 센터장은 한사코 여자아이라고 했다. 하지만 나는 도저히 여자아이로 인식되지 않았다. 나 때문이 아니라 전혀 낯선 여자 때문에 직장을 다니겠다니. 그것이 내 마음에 가장 걸렸다. 센터장과 상담이 끝난 뒤 나는 남편을 붙들고 온갖 욕설을 퍼부었다. 정말 왜 이러는 거냐고. 자기 앞가림을 못하면서 누구한테 무슨 선심이냐고. 부모님이 이런 사실을 하늘나라에서라도 알면 좋아하겠느냐고. 그 마지막 이야기가 정점이었다. 그는 아무런 대꾸도 없이 나를 외면하더니 센터 안으로 들어가버렸다. 어서 가라는 손짓은커녕 긴 복도를 지나는 동안 단 한 번도 돌아보지 않았다.

그날 전철을 타고 집에 돌아오는 길은 멀기만 했다. 만원 전철 안에서 눈물이 쏟아졌다. 스카프로 얼굴을 가리자 흐느낌이 치솟았다. 그가 완전히 떠났다는 절망에 사로잡혔다. 그는 자신이 결혼한 남자라는 사실도, 그래서 빨리 정상적인 사회생활을 하게 되기를 바라는 아내가 있다는 사실도 다 망각한 사람이었다. 한마디로 그에게 나는 아예 없는 사람이었다. 내 앞에 앉아 있던 여자가 자리를 양보했다. 자리에 앉아서도 흐느끼자 옆 사람이 나를 툭툭 쳤다. 저어. 사람들이 다 쳐다보잖아요. 나는 전철에서 쫓기듯 내렸다.

우리 딸 어디 갔었어? 나 좀 집에 데려다줘. 휠체어를 밀고 골목을 돌고 있는 동안에도 노인은 같은 말을 반복한다. 햇빛이 눈부신 때문만은 아닌데 내 눈에 온갖 풍경이 어지럽게 다가온다. 감각 없이 나는 휠체어를 밀고 무작정 걷는다. 내가 왜 노인을 데리고 나왔고 지금 어디로 가는지 알 수 없다. 휠체어를 미는 동안에도 노인은 계속 똑같은 말로 보챈다. 그러자 나는 노인이 지겨워진다. 빨리 집에 데려다줘. 한마디 할 때마다 나도 노인에게 대꾸한다. 도대체 말귀를 못 알아듣고 자기만 아는 이기적인 할망구 같으니. 내가 얼마나 힘든지 단 한 번도 알아주지 않는 파렴치한 할망구 같으니. 노인은 내 말을 들었는지 못 들었는지 계속 조른다. 좋다고요. 가요. 가고 싶은 데로 끝까지 가봐요. 어디. 그러면 아마 그 자리에서 오도 가도 못하고 혼자서 죽고 말걸요. 그때 되면 도와달라고 사정해도 소용없다고요. 미친 할망구 같으니. 한심한 할망구 같으니. 내 거친 걸음 때문에 휠체어에 탄 노인이 앞으로 떨어질 듯 상체가 고꾸라진다. 동시에 승용차의 클랙슨 소리가 요란하게 울린다. 나는 깜짝 놀라 멈춰 선다. 어느새 골목을 지나 큰길의 횡단보도 앞에 다다라 있다. 나는 왔던 길을 돌아본다. 얼마나 멀리 온 것인가. 나는 쌕쌕대는 숨을 간신히 고른다.

핸드폰의 전화벨이 울린다. 어디야. 지금? 원장이 난리가 났어. 이러다가 나 잘리겠어. 너 빨리 돌아와야 돼. 주연이의 목소리가 침착함을 잃은 듯하다. 센터 앞에 이르자 원장과 주연이와 요양사가 건물 밖에 나와 있다. 아니, 어디까지 갔다 온 거죠? 제정신이에요? 센터 밖으로 나갔다고 보호자가 알면 어쩌려고요. 원장이 나를 몰아붙인다. 요양사가 휠체어를 밀고 노인을 모시고 들어간다. 이상순 노인이 나를 돌아본다. 나와 눈이 마주치자 반색을 한다. 우리 딸 왔어? 어디 갔었어? 노인의 말에 나는 울컥 올라오는 감정을 억지로 누른다. 어느새 노인은 건물 안으로 밀려 들어가고 보이지 않는다.

오늘 아무래도 소주 한잔해야겠다. 내가 막 센터에서 나설 때 주연이가 말한다. 우리는 근처 술집으로 가서 자리를 잡는다. 오늘 너 왜 그렇게 이상한 짓을 했어? 자리에 앉자마자 주연이가 눈을 흘긴다. 나는 말없이 술잔만 채운다. 사실은 오늘 요양원에 사고가 있었어. 주연이의 말에 나는 깜짝 놀란다. 새로 들어온 어르신이 있잖아. 계속 욕하던…… 내가 자리를 비운 사이에 순식간에 말다툼이 있었나봐. 그런데 장복

수 어르신 있잖아. 노래를 잘 부르던. 그 어르신에게 욕을 했나봐. 그 어르신은 다짜고짜 새로 온 어르신 뺨을 친 거야. 다시 욕을 하니까 확 밀어버렸대. 노인들은 뼈가 아주 약하거든. 대퇴부의 뼈가 다 부스러져버린 거야. 아마 지하 이층으로 내려갈 때까지 베드에서 지내야 할 거야. 그래서 원장한테 불려들어가서 간호사들 부주의한 것 시말서 쓰고. 그런 와중에 넌 이상순 어르신하고 밖에 나가고. 어휴. 오늘 정말 정신 하나도 없다. 주연이의 목소리가 점점 더 침울해진다.

"정말 할 말이 없다. 난 단지……"

"너무 걱정 마. 여기선 이삼일이 멀다 하고 돌아가시는 어르신이 생기는데 뭐."

주연이가 술을 한 잔 단숨에 들이켠다.

"난 병원으로 다시 옮길까봐. 여기선 내가 정말 이상한 사람이 된 거 같아."

"이상한 사람?"

"하고 싶은 대로 욕하고 행동하고 사는 어르신들 보면 내가 이상한 사람 같아진다니까. 난 하고 싶은 말도 못하고 하고 싶은 것도 못하고 살잖아. 왜 치매에 걸려서야 하고 싶은 말을 하고, 하고 싶은 행동을 하고 사냔 말이야. 치매 걸리기 전에 그렇게 살아야 하는 거 아냐?"

주연이가 어느새 두 병째 소주를 비우고 있다.

"이맘때쯤 너희 아버지가 돌아가셨지?"

주연이가 고개를 끄덕인다. 그녀의 아버지는 주연이가 스무 살 때 고혈압으로 돌아가셨다. 태연한 척 살아도 불안이 발바닥에 깔려 있어. 걸음마다 허공을 떠다니는 것 같고 말이야. 주연이가 중얼거린다. 우리는 잔이 부서지도록 요란하게 부딪힌다. 이렇게 사는 건 정상적인가. 내가 중얼거린다. 글쎄, 정상적인 건, 치매에 안 걸리는 것. 주연이가 말문을 연다. 우리 남편처럼 안 사는 거. 내가 거든다. 점쟁이한테 가서 우는 짓 안하는 거. 주연이가 다시 원샷을 한다. 그리고 불륜 같은 거 안 저질러야 정상적인 사람이지. 웬 불륜? 내 물음에 주연이가 못 들은 척 술을 따른다. 이윽고 술집이 문을 닫았고 우리는 밤거리로 쫓겨났다. 아무데나 쏘다니다가 길에 널브러져 또 한동안 떠든다. 지나다니는 사람들이 우리를 한번씩 힐끔댄다.

"근데 아까 내가 한 말 중에 좀 정정할 게 있다."

주연이가 나무에 기대앉더니 혼자 한동안 낄낄거린다. 사실 나 요새 바람피우고 있거든. 나 매사에 칼같이 살았잖아. 그런 내가 한 이 년 짝사랑하던 남자하고 바람피우는 중이다. 그러고 나니까 난생처음 내가 제대로 사는 거 같은 거야. 남들이 다 손가락질해도 그건 내 진심이니까. 그러니까 내 말은 말이야. 아무래도 불륜은 정상 아닐까? 주연이가 다시 낄낄거리며 웃는다. 글쎄. 난 잘 모르겠다. 주연이의 갑작스런 고백에 당황해서 나는 대답을 얼버무린다. 근데 말이야. 나도 하나 있다. 정정할 게. 그래? 너도? 주연이가 눈을 반짝이며 쳐다본다. 하지만 나는 가슴이 먹먹해져서 쉽게 말을 잇지 못한다.

얼마 전 센터에서 전화가 왔었다. 제주도로 단체 캠프를 가는데 보호자가 동행을 하라는 것이다. 남편의 보호자가 된다는 것이 멋쩍었지만 나는 여행에 따라갔다. 남편이 관심을 가졌다는 여자를 제대로 관찰하고 싶었다. 더불어 여자에 대한 남편의 관심이 진지한 것인지 단순히 일시적인 연민인지도 알고 싶었다. 관광을 시작한 첫날 사고가 생겼다. 관광 첫 코스가 폭포 관람이었다. 우리는 폭포를 구경하기 위해 다리를 건너던 중이었다. 내 옆에서 걷던 여자가 두 귀를 막고 소리를 지르기 시작했다. 나는 여자를 쳐다보았다. 순간 여자가 다리 아래로 뛰어내린 것이다. 말릴 사이도 없이 벌어진 일이었다. 그 여자가 두 귀를 막고 환청을 들은 듯 소리를 지를 때 내가 얼른 다가가서 손을 잡든가 안아주었다면 여자는 뛰어내리지 않았을 수도 있었다. 아주 짧은 순간이었지만 나는 여자가 뛰어내리기 전보다 더 짧은 순간의 내가 생생하게 느껴졌다. 여자의 그 일그러진 얼굴과 절규하는 소리와 진저리치는 몸부림을 관찰하는 구경꾼인 내 모습. 나는 정확히 여자가 얼마나 나와 다른지, 다른 사람과 다른지 비교하고 있었다. 분명 남편과 어울리지 않는 비정상적인 여자라고 나는 안도했다. 그 냉정한 분별의 순간, 여자는 거짓말처럼 다리 아래로 뛰어내린 것이다. 그 여자가 뛰어내림과 동시에 나는 그 자리에 주저앉았고 그다음은 아무것도 생각나지 않았다.

여자는 70미터나 되는 다리 아래에서 들려오는 환청을 들었거나 헛것을 본 모양이라고 했다. 그 옆에서 사고를 목격한 재활 센터의 몇 사람도 그 여자의 추락 장면을 본 충격 때문에 병원에 입원을 했다는 것이다. 충격은 내면에 오랫동안 지속되어 있다가 심하면 그것이 다시 분열되는 과정을 거치거든요. 그러니까 평온한 것 같다가도 어느 순간 폭발되는 게 갑작스런 사고를 당한 사람의 특성이죠. 여자아이도 그런 경우예요. 과거에 받았던 충격을 받아들이는 속도는 늦는데 기억이 희석되는 데는 몇 배의 시간이 걸리죠. 여자아이는 살긴 했지만 중환자실에 입원 중이죠. 캠프에서 돌아온 뒤 남편의 직장 생활에 대한 뜻도 원점으로 돌아갔다. 여자아이를 도와줄 방법을 찾고 싶다고 했을 때 조금이라도 지지해주지 못한 것이 미안해서 잠이 안 오더라고요. 센터장은 내 시선을 피하며 중얼거렸다. 나는 아무 말도 못하고 센터에서 도망치듯 나오고 말았다.

뭔데. 정정할 게? 주연이가 재촉한다. 그건 말이야. 우리 남편처럼 살지 않는 게 정상적인 거란 말. 그 말을 정정하려고. 남편은 정상인데 사실은 내가 비정상이야. 무슨 자학을 하고 그래. 주연이가 눈을 흘긴다. 별 의미가 없는 일에 매달려서 노심초사하고 노예처럼 끌려다니면서 살다가 남편을 만나면 내가 더 바보 같을 때도 있어. 남편은 지금 오히려 인생에 초연한 것처럼 살고 있거든. 아주 편안해 보인단 말이야. 주연이가 손바닥으로 내 머리를 있는 힘껏 내리친다. 그래, 너도 이제 정신 차려라. 나도 가방을 들어서 주연이의 머리를 냅다 쳐준다. 너도 마찬가지야. 우리는 비틀거리면서 대로변 앞에 다가간다. 빈 택시를 향해 주연이와 내가 동시에 손을 번쩍 든다.

참 이상한 일이다. 이곳으로 온 뒤 나는 환자가 되었다. 치매 센터에 입원한 노인들이 봉사자인 나를 환자처럼 돌보아주고 있다. 무표정하게 같은 말을 반복하고 대소변을 가리지 못해서 늘 기저귀를 차고 다니는 노인들이 매 순간 의사가 되어 나를 둘러싸고 내 환부를 만진다. 노인들은 갈수록 더 나를 자극한다. 그것은 한여름 밤에 끝없이 터지던 연발 폭죽을 떠오르게 한다. 어둔 하늘에 사정하듯 황홀히 터지던 폭죽. 예측하지 못할 방향으로 나아가서 색다른 모양과 빛깔로 터져서 탄성을 자아내던 그 불꽃들. 소위 멀쩡하다는 사람들이

한 번도 내게 보여주지 못한 자극으로 나를 치유하는 중이다. 치매 노인들이 자신들의 마지막 남은 욕망으로 나를 찔러댄다. 그 투명한 유리 조각이 나를 찌르면 내 굳어진 살들은 가렵고 아프고 피가 난다. 철갑을 두른 것 같던 내 몸을 뚫고 비로소 내 살갗을 건드려주는 노인들. 그럴 때마다 나는 기꺼이, 몸을 비틀며 잊었던 흥분으로 들뜨는 그들의 환자가 된다.

나
바
호

거
미

여
인

생상스의 「죽음의 무도」가 차 안에 울려 퍼진다. 하프가 스타카토로 밤 열두시를 알린다. 나는 카오디오의 볼륨을 높인다. 바이올린 독주가 승용차 안에 가득 찬다. 반쯤 넋이 빠진 나는 음악에 맞춰 해골들과 춤이라도 추는 듯하다. 순간 승용차의 전면 유리창에 빗물이 덮친다. 시야가 가려지고 차가 한차례 기우뚱한다. 핸들을 더 힘주어 잡고 전방을 주시한다. 와이퍼에 빗물이 씻겨 내려간다. 퍼붓는 비 때문에 앞차의 미등이 피처럼 붉게 번져 보인다. 아, 나는 브레이크를 밟는다. 차들이 일제히 경적을 울려댄다. 여자가 내지르던 비명이 사방에서 들려오는 경적 소리에 섞여 들리는 듯하다. 나는 눈을 질끈 감았다가 다시 떠본다. 그제야 내가 추격하던 검은색 소나타의 미등이 제대로 보인다. 나는 다시 차를 천천히 출발시킨다.

너를 만난 것은 터미널 대합실에서였다. 너는 대합실의 긴 의자에 비스듬히 앉아 있었다. 열여섯이나 열일곱 살쯤 되어 보였다. 가슴과 허벅지 위에 얹힌 천 조각 같은 보라색 원피스가 유독 눈에 띄었다. 원피스 아래로 드러난 허벅지는 슬쩍 만지고 싶은 우윳빛이었다. 그 허연 허벅지는 빛나 보였고 그곳을 핥고 싶다는 충동을 느꼈다. 시외버스를 타기 위해 플랫폼으로 나가려다 말고 나는 대합실 의자에 앉았다. 너에게서 시선을 뗄 수가 없었다. 너는 그 자리에서 며칠이라도 머물 것처럼 움직이지 않았다.

일주일의 휴가가 끝나는 마지막 날이었다.

언제나 여름휴가만 되면 나는 바닷가를 혼자 어슬렁거리고 다녔다. 일 년 내내 다른 휴가지로 갈 계획을 세우고도 기어코 바닷가로 떠나왔다. 밤만 되면 뜨겁게 역류하는 피 때문에 해변을 쏘다니지 않고는 배겨내지 못했다. 쏘다니다 보면 발에 닿는 모래알이 내 피를 조금씩 가라앉혀주고 파도에 내 피가 식어갔다. 재처럼 뿌연 동이 터 오르면 그제야 숙소로 들어와서 해가 중천에 뜰 때까지 잠이 들 수 있었다.

올해 여름만은 달랐다.

나는 커다란 쓰레기통을 찾아 헤맸다. 휴가지까지 끌고 온 내 어떤 부분을 말끔히 비우고 싶었다. 분명 비워야 할 것이 있었다. 작년과 재작년과 또, 또, 그 많은 과거들과 달라져야 했다. 나는 이제 서른이었다. 서른이 되면 색다른 피로 갈 듯 내가 달라져야 한단 말인가, 라고 되묻고 싶지 않았다. 다만 달라지고 싶다는 감정에 충실하고 싶었다.

물론 충격적인 일도 있었다.

사촌형 k가 얼마 전 이 바다에서 주검이 되어 떠오른 것이다. 사고로 고아가 된 k형은 어릴 때부터 우리 집에 얹혀살았다. 나와는 나이 차이가 많았지만 근처 바닷가로 데려가서 놀아주곤 했다. k형은 스무 살이 되던 해 우리 집에서 스스로 나갔다. 내가 번듯한 직장에 취직하자 k형은 잊힐 만하면 나를 찾아와서 손을 내밀었다. 그때 k형은 문신을 배우고 있다고 귀띔했다. 오른쪽 어깨에 새긴 푸른 문신을 내게 보여주기도 했다. 너도 문신 해줄까? 라고 물었지만 손을 내저었다. k형의 그 어깨 문신이 k형을 찾는 데 결정적인 단서가 되어주었다. 그 뒤 k형이 머릿속에서 지워지지 않았다. 줄곧 떠올라서 마음을 어둡게 만들어놓았다. 만약 이 해변에서 커다란 쓰레기통을 찾게 된다면, k형에 대한 기억도 털어낼 수 있을 것이다. 휴가가 끝나기 전에 쓰레기통을 발견하든지 내 속에 버려야 할 무언가를 찾아야 했다.

이제 마지막 하루가 남은 것이다.

숙소를 떠나서 인근 해수욕장으로 이동하려는 것도 바로

그 때문이었다.

한참 동안 너를 주시하던 나는 일어섰다. 네 앞을 지나면서 너의 얼굴을 제대로 보았다. 눈이 마주치자 너는 움찔했다. 무엇인가 호소하는 듯한, 혹은 누군가를 원망하는 듯한 눈빛이 나를 붙잡았다. 너는 커다란 눈을 느리게 한 번 껌벅였다. 나는 허둥대며 네 앞을 지나쳐서 플랫폼을 나왔다.

오후가 될 때까지 나는 인근 해수욕장의 모래를 밟고 바다에 온몸을 빠뜨렸다. 수영을 할 때도 너의 모습이 각인된 듯 자꾸 떠올랐다. 아직도 네가 그 자리에 있을까. 시간이 지날수록 더 궁금해졌다. 나는 약속 시간이 임박한 사람처럼 서둘러서 해수욕장에서 나왔다. 허겁지겁 터미널에 가는 버스에 올라탔다. 터미널에 도착했을 때 너는 여전히 같은 자세로 비스듬히 앉아 있었다. 그런 너를 보자 안도와 불안이 뒤섞여서 밀려왔다. 머뭇거리게 하면서도 끌어당기는 알 수 없는 힘에 저항하지 못하고 결국 네게로 다가섰다.

"집에 안 가?"

최대한 부드럽게 물었다. 너는 대답 대신 눈만 느리게 감았다가 느리게 떴다. 가까이 다가가자 눈 밑이 움푹 들어가고 그 자리에 기미가 반달을 그리고 있는 것이 보였다.

"여기서 잘 거야? 여긴 어두워지면 위험해."

너의 눈동자가 흔들렸다. 습관처럼 눈을 껌벅이더니 시선이 내 손등에 와 닿았다. 커다란 검은 점이 손등의 반을 덮고 있는 손. 그런 내 손에서 시선을 떼지 못했다. 그때 너의 볼 위로 눈물 한 방울이 툭 떨어졌다.

"내 아이가 죽었어요."

뜻밖의 말에 팔에 소름이 돋았다.

"온몸이 시퍼렇게, 바싹 오그라든 거미처럼 마르고, 그러더니, 그러더니……"

너는 몸을 떨기 시작했다. 나는 너의 손을 잡았다. 차고 마른 손등에 파란 핏줄이 선명했다. 손톱 밑에 드러난 핏기 없는 속살이 희고 창백했다.

"내 아이라니?"

도무지 아이를 낳았을 나이로 보이지 않았다. 기껏해야 열일곱? 더군다나 너는 또래보다 훨씬 어리고 약해 보였다. 너의 감정이 누그러질 때까지 나는 기다렸다.

"내가 집에 데려다줄까?"

너는 말없이 고개를 저었다. 그러더니 무엇인가 말하려고 입술을 오므렸다. 그 말을 알아듣기 위해 너의 입술에 귀를 바짝 댔다. 너의 입에서 알 수 없는 말이 쏟아져 나왔다.

"뭐라고? 그게 무슨 말이야?"

"할머니가 그랬는데 우리 아빠가 거미 이야기를 자주 했대요. 그래서 나도 어릴 때부터 거미 이름을 외우고 다녔어요.

구티오너멘탈, 브라질리안레드, 싱가포르블루, 킹바분, 코발트블루…… ”

너는 내가 알아들을 수 있도록 아주 천천히 거미 이름을 발음했다.

“아빠 오면 자랑하려고 외웠는데 아빤 아무리 기다려도 오지 않았어요”라고 덧붙인 뒤 더 이상 아무 말도 하지 않았다. 아빠에 대한 그리움을 떠올리는 것일까. 침묵이 길어질수록 궁금증이 커졌다.

“그럼 할머니하고 사는 거야? 엄마는?”

조심스레 침묵을 깨뜨렸다.

“엄만 원래부터 없었어요. 할머니는 바닷가에서 민박을 해요. 그 집에 난 이제 안 가요. 언제부턴가 여름만 되면 아저씨들이 집적대거든요. 거긴 집이 아니라 냄새나는 시궁창이에요. 내 몸의 거기에도 더러운 물이 고이기 시작했고. 할머니도 점점 더러워졌어요. 눈에서도 코에서도 입에서도 더러운 물이 나오고……”

나는 그제야 너의 실체를 알아차렸다.

너와 같은 부류의 여자아이는 해변에 한두 명씩 꼭 있는 법이었다. 운이 좋다면 너는 경찰의 보호를 받게 되겠지. 운이 아주 나쁘다면 어슬렁거리는 해변의 사냥개에게 먹잇감이 되거나. 그러니 이제 숙소로 돌아가서 잠이나 자자. 남은 휴가의 기대도 접기로 했다. 비워야 할 것도, 미진한 무엇도 해결하지 못했지만 도시로 돌아가서 살아가는 것에 아무런 지장이 없을 것이다. 지금껏 그렇게 살아왔으므로.

나는 네 손을 놓고 일어섰다. 너는 오른손 검지로 왼쪽 손목을 문질렀다. 희고 가는 손목은 하도 긁어서 벌겋게 부어올랐다. 부은 왼쪽 손목에 오 센티 가량의 흉터가 선명했다. 그저 단순한 흉터가 아니라 자해한 자국이었다. 그런 상처를 쉽게 외면할 수 없었다. 너는 아마 또다시 자해를 반복할 것이다. 그런 공식을 아는 나는 모른 척 돌아서기 어려웠다. 첫사랑에 실패한 열아홉 살 무렵에 손목을 그어 물에 담갔던 기억이 겹쳐졌다.

대야의 물속에 번지던 핏물.

출구가 막혔다고 믿었던 때……

"그 손등 말예요."

손목을 문지르던 손가락으로 너는 내 손등을 가리켰다. 동시에 싱긋 웃었다. 그 웃음이 무엇을 의미하는지 알 수 없었다.

"그 흉터 내가 없애줄게요."

너는 어깨에 멨던 가방을 뒤졌다. 가방 속에는 온갖 잡동사니들이 가득했다. 화장품과 귀걸이나 목걸이들, 남자 시계와 남자 지갑도 눈에 띄었다. 가방 안에 든 남자 물건들은 뭐냐고 물어볼까 망설였다. 그런 식으로 너에게 휘말리지 말고 그냥 모른 척해. 좋은 게 좋은 거지. 내 안에서 딱딱한 소리가 들렸다. 너는 잡동사니 속에서 빨간색 손지갑을 꺼냈다. 지갑을 열더니 면도칼을 찾아 쥐었다. 꺼낸 면도칼을 눈높이까지 올렸다. 다른 한 손으로 내 손을 덥석 잡았다. 너의 손을 반사적으로 뿌리치자 너는 아랫입술을 깨물며 웃어댔다.

"뭐하는 짓이야?"

"흉터가 자꾸 신경이 쓰여요."

너는 인상을 찌푸리며 중얼거렸다. 그러더니 또다시 내 손을 쥐려 했다. 나는 너의 손에 쥔 면도칼을 간신히 빼앗았다. 그 면도칼을 두 동강 내어 휴지통에 던져 넣었다. 너의 표정에 반짝, 증오가 타오르는 것 같았다.

"그깟 면도칼, 내게는 얼마든지 있다고요."

너는 다시 빨간 지갑에서 면도칼을 하나 집어냈다. 금방이라도 나에게 들이댈 듯 날을 들어 올렸다. 내 마음이 대번에 움츠러들었다. 나는 너에게서 돌아서서 뒤도 돌아보지 않고 대합실에서 빠져나갔다.

'위험지역 감속운행'

노란색 팻말이 눈에 띈다. 감속하지 않은 채 액셀러레이터를 밟는다. 앞차와의 간격이 점점 좁아진다. 금방이라도 충돌할 것 같다. 뒤따라오던 차들이 속도를 늦추며 뒤로 빠지거나 차선을 변경한다. 허리를 곧추세우고 자세를 바로잡는다. 운전대를 잡은 두 손에 땀이 고인다. 나는 번갈아 가며 손에 묻어난 땀을 바지에 문지른다. 백미러로 긴장한 남자의 얼굴이 드러난다. 긴 얼굴에 음울하게 팬 두 눈과 콧등이 구부러진 코. 꾹 다물어서 더 얇게 보이는 입술. 나는 내 얼굴을 외면한다. 그런 뒤 네가 타고 있는 앞차를 주시한다. 검은색 소나타를 놓치면 안 된다. 허리를 펴고 앞차를 바짝 추격한다.

대합실에서 빠져나올 때가 네시였다.

"같이 가요. 같이 가자니까요."

너는 내 등 뒤에서 소리치며 따라왔다. 모른척하며 터미널 광장을 걸어 나왔다. 한참을 걸어도 너는 계속 따라왔다. 조금 전까지만 해도 전혀 움직이지 않던 너였다. 나를 쳐다보며 턱을 떨던 모습은 어디로 사라진 것인가. 너를 따돌리려고 나는 걸음을 재촉했다. 너 역시 나를 따라잡으려고 뛰다시피 걷고 있었다.

"내가 누군지 알고 따라오는 거야? 어쩌려고 무조건 따라와?"

한번씩 뒤돌아보며 험악한 표정을 지어 보였다. 짜증이 조금씩 치밀었다.

"재워줘요. 한 번만 푹 자보는 게 소원이에요. 진짜예요."

너는 눈이 마주칠 때마다 말했다. 원조교제라도 하자는 건

가. 정신도 온전한 것 같지 않은데. 처음 보는 남자에게 재워 달라니. 그러지 말고 제발 그만 집에 돌아가. 밤이 되면 유원 지는 위험해. 집에 돌아갈 수 없다면 가까운 파출소라도 가서 하룻밤 지내. 나는 계속 타이르며 걸었다. 주변에 파출소가 있는지 두리번거리기도 했다. 눈에 보이는 것은 노래방이나 술집, 여관뿐이었다.

"거미는 적을 어떻게 막는지 아세요?"

내게 바짝 따라붙던 네가 물었다. 지금 이 와중에 거미라니. 나도 모르게 헛웃음이 나왔다. 대책 없이 떠드는 네가 차라리 신기할 정도였다.

"그물이나 털을 창처럼 던지거나 위턱의 독니를 써요. 끈끈한 물질을 뱉는 거미도 있고, 심지어 배에 여섯 개의 가시로 위협을 하는 거미도 있어요."

너는 열에 들뜬 것처럼 떠들었다. 나는 너의 말을 귓등으로 흘려들었다.

"아, 아저씨는 뭐로 자기를 방어하죠?"

나는 어이가 없어서 잠시 멈춰 섰다.

"방어? 그건 지금 너한테 필요한 거 같은데?"

"나요? 나는 자절이 좋아요."

너는 내가 말을 붙이기 무섭게 대꾸했다.

"자절은, 위험할 때 자기 몸을 끊어버리는 거죠. 난 내 자궁부터 끊을 거예요. 자궁 때문에 언제나 내가 위험했으니까. 자궁이 없으면, 아이도 생기지 않을 거고."

떠드는 너를 모른 척하며 해변의 연인들에게 고개를 돌렸다. 연인들은 한결같이 서로의 어깨를 감싸 안고 다녔다. 비키니를 입은 여자나 수영복 바지만 입고 슬리퍼를 신은 남자들은 유쾌해 보였다. 그들은 바다에서 묻혀 온 야성의 냄새를 풍겼다. 내 옆을 스쳐지날 때면 들뜬 웃음소리와 목소리가 선명하게 들렸다. 이런 낯선 풍경도 오늘이면 끝이다. 내일이면 익숙한 것들 속으로 걸어 들어가야 한다.

나는 눈에 띄는 아무 벤치에나 앉았다. 너는 내 옆에 바짝 붙어 앉았다. 나를 빤히 들여다보며 다소 안심한 듯 웃었다. 너의 웃음은 뜻밖에도 너무나 환했다. 환한 웃음이 너의 본래의 모습 같았다. 내가 믿을 만한 보호자라도 된다는 듯이 처음으로 방심하는 표정을 지었다. 나는 멍해져서 허공에 시선을 두었다. 그때 거짓말처럼 너는 내 어깨에 머리를 기댔다. 어깨를 눌러오는 무게에 나는 움찔했다. 내 어깨 위로 너의 머리카락이 쏟아졌다. 머리카락 한 올 한 올이 내 얼굴이며 귓바퀴를 휘감았다. 내 속에 고여 있던 무엇이 출렁, 요동쳤다. 그것은 나를 부추기는 욕구였다. 그 욕구를 외면하려고 했다. 내게로 기댄 너의 머리를 바로 세워주었다. 너는 또다시 머리를 내 어깨 위에 기댔다.

"잠을 좀 잤으면…… 사흘 동안 한숨도 못 잤어요."

혼곤한 잠에 취한 듯, 나를 유혹하듯, 너는 중얼거렸다.

경찰이 레드랜턴을 흔들며 앞차를 세운다. 속도를 늦추고 브레이크를 밟는다. 경찰이 내 차 앞으로 다가온다. 윈도우 버튼을 눌러 차창을 내려준다. 경찰은 음주 측정을 한다. 측정을 끝내자마자 경찰은 가도 좋다고 수신호를 보낸다. 잠시 그 자리에서 머뭇거린다. 너를 실은 차가 시야에서 사라진 때문이다. 어디로 가야 하나. 경찰이 내 차의 보닛을 손바닥으로 탕탕 친다. 나는 차창을 올리고 느릿느릿 시동을 건다. 와이퍼는 빗물을 반복해서 쓸어내린다. 와이퍼로 씻어낸 말짱해진 정면처럼 너를 보고 싶다. 짧은 순간이라도 상관없다. 차창의 빗물 너머로 너의 얼굴이 언뜻 나타난다. 차의 속도를 늦춘다. 아무리 둘러봐도 너를 태운 차는 간데없다. 앞차의 미등만 흔들리고 있을 뿐이다. 미등을 쫓아가면 너를 만날 수 있을 것처럼 또다시 앞차의 불빛에 집중한다.

뿌리쳤지만 너는 기어이 내 숙소까지 따라왔다. 여관 안으로 들어서자마자 너는 침대 위로 올라갔다. 나를 빤히 쳐다보는 너는 무언가 다른 생각에 빠진 듯했다. 도수가 어긋난 렌즈를 착용하고 사물을 볼 때처럼 너의 모습은 핀트가 잘 맞지 않았다.

"정말 자고 싶어요."

너는 오랫동안 잠에 굶주린 것처럼 눈을 감았다. 잠만 잘 수 있다면 무슨 짓이라도 할 것처럼 보였다. 어느새 규칙적인 숨소리가 들려왔다. 나는 긴 한숨을 토해냈다. 네가 잠들자 그제야 마음이 조금 놓였다. 잠에서 깨면 빨리 집에 가겠다고 말하거나, 왜 이곳에서 자신이 자고 있는지 묻겠지. 예민하던 신경도 잠에서 깨면 누그러져서 너는 제 갈 길을 찾게 될 것이라고 생각하기로 했다.

잠이 든 너를 내려다보다가 창가로 다가섰다. 아직 햇살이 남아 있는 오후였다. 사람들이 모래밭에서 비치볼을 가지고 놀거나 파도치는 기슭을 서성였다. 나도 바닷가로 나가볼까. 마음과는 달리 너의 숨소리에 묶여버린 듯 몸을 움직일 수 없었다. 가끔 신음 소리가 섞여드는 얕고 불규칙한 숨소리가 귀에 파고들었다. 너는 쫓기는 듯 팔을 허우적거리기도 했다. 나는 네가 잠든 침대에 등을 기대고 바닥에 앉았다. 내가 이 방의 손님 같았다. 한동안 그렇게 앉아 있다가 나는 침대 밑에 웅크리고 누웠다. 피곤이 밀려왔다. 어느새 나도 깜빡 잠이 들었다.

너는 내 등뒤에 바짝 몸을 기댔다. 한 마리 거미가 되어 들러붙었다. 그러더니 교미할 듯 몸을 움직였다. 네 움직임을 뿌리치지 못하고 나는 반응하기 시작했다. 내가 절정으로 치달으려는 순간 내 몸은 너에게 잡아먹히는 중이었다. 나는 벗어나려고 버둥댔다. 하지만 이미 몸의 반은 잡아먹힌 상태였다. 나는 눈을 번쩍 떴다. 너무나 생생한 꿈이었다. 반사적으로 네가 누워 있던 침대 위를 올려다보았다. 너는 거짓말처럼 사라지고 없었다. 가버린 것인가. 그렇다면 차라리 잘된 일이라고 생각하며 물을 마시기 위해 일어섰다.

이런! 너는 침대와 벽 사이의 틈에 끼어 자고 있었다. 너를 침대 위로 끌어올려주었다. 너는 눈을 반쯤 뜨더니 소스라치게 놀라면서 내 손을 뿌리쳤다. 그러더니 엉금엉금 기어서 침대와 벽 틈으로 다시 몸을 끼워 넣었다. 그 사이로 일부러 들어가서 자고 있었던 모양이었다. 너는 온 힘을 다해서 손목을 비벼댔다. 손목은 피가 나올 듯 붉게 까져 있었다. 공포에 질린 눈은 초점이 없어 보였다.

너는 두려운 상대가 앞에 있기라도 한 것처럼 떨었다. 한사코 나를 따라오던 너의 모습은 어디에도 없었다. 조금 전 자청해서 이 방에 들어왔다고는 믿을 수 없을 정도였다. 가위눌림 상태에서 빠져나오지 못하는 것처럼 눈을 허옇게 뜨고도 나를 알아보지 못하는 모습이 안쓰러웠다.

"괜찮아. 아무 걱정 하지 마. 난 나쁜 놈 아냐."

나를 못 알아보고 떨고 있는 너를 흔들었다. 차츰 눈의 초점이 돌아왔고 비로소 나를 알아보았다. 한참 뒤 너는 스스로 침대 위로 올라오더니 나를 보고 돌아누웠다.

"거미, 거미가 질 속으로도 들어왔고요. 나도 거미가 될 것 같았어요. 거미가 되면 거미줄이 나오잖아요? 난 손목에서 거미줄이 나오는지 매일 확인해요. 손목을 칼로 베어내본 적도 있어요. 살을 뚫고 투명하고 질긴 거미줄이 나오는지 보려고요."

"또 그놈의 거미 타령이야?"

"구티오너멘탈, 브라질리안레드, 싱가포르블루, 킹바분, 코발트블루……"

너는 입속말로 중얼거렸다. 더 이상 너와 대화하기를 포기했다. 정신이 반쯤 나간 아이와 대화라니.

"혹시 아저씬 나바호 거미 여인 알아요?"

거미가 줄을 뽑아내듯 너의 이야기는 끝이 없을 듯하다. 나는 말없이 고개를 저었다.

"내가 말 안 들으면 나바호 거미 여인이 와서 잡아간댔어요. 남을 괴롭히면 암벽 속에서 사는 거미여인이 데리러 올 거랬어요. 난 그 이야기를 늘 기억했어요. 나도 나바호 거미 여인이 데려갈지도 몰라요."

어떻게 하면 너의 입을 다물게 할 수 있을까. 너는 속수무책으로 떠들었다.

"거미여인이 나를 데려가기 전에 난 거미가 되고 싶어요. 거미가 되면 네 쌍의 긴 다리와 독니에서 독샘이 생기거든요.

난 구석에 웅크리고 있다가 거미줄에 걸려드는 놈의 즙을 빨 거예요. 나를 덮치던 그 놈을 말이죠. 놈을 거미줄에 칭칭 감아서 높이 들어 올렸다가 있는 힘껏 바닥으로 떨어뜨릴 거예요. 그런 다음 놈의 몸에 침을 박고 즙을 빨아들여야죠. 놈의 몸은 곧 마른 잎처럼 바스러져서 가루가 될 거고."

너는 혀로 입술을 핥았다.

"음. 독침으로 뱀을 쓰러뜨리는 거미도 있잖아요. 머리부터 즙을 다 빨아먹고 나서 헝겊같이 된 뱀 껍질을 굴 밖으로 내다 버린다니까요. 그런데 아저씨, 난 요새 참 이상해요. 나를 괴롭히던 끔찍하고 더러운 것뿐만 아니라 내 눈에 띄는 싱싱하고 싱그러운 것들도 다 해치우고 싶어서 몸이 근질거린다니까요."

너는 세상의 모든 것에 적의를 느끼는 듯했다. 나를 삼킬 것처럼 창백한 얼굴을 내게로 들이밀었다. 나도 모르게 뒤로 물러앉았다. 너는 내 반응에 소리 내어 웃었다.

"놈이 너를 어떻게 했는데?"

내가 묻자 너는 움찔 놀랐다. 내가 듣기에도 내 목소리는 지나치게 낮고 무거웠다. 너에게 몰입되어 갈수록 점점 더 이상해지고 있었다.

"손을 묶었어요. 사정없이 때렸고요. 그날 아이가 생겼어요. 일곱 달이 되도록 몰랐어요. 놈이 내 몸을 짓누르던 때 말예요.

그때 자잘한 거미 같은 것이 내 질 안으로 들어왔는데, 그 거미들은 어디 가고 내 몸에서 아이가 나왔다니까요."

너는 계속 열에 들뜬 목소리로 떠들었다.

"풀숲에서 얼굴을 간질이던 거미들. 손으로 떨어뜨리려고 해도 집요하게 들러붙던 거미줄."

너는 중얼거리다가 소름이 끼치는지 몇 차례 몸을 부르르 떨었다. 너의 말은 어디까지가 사실이고 어디까지가 지어낸 이야기인지 알 수 없었다. 너는 정말 그 모든 것을 기억하고 있는지, 지금이라도 그 남자를 만나면 알아볼 수 있을지, 나는 또 궁금해서 못 견딜 지경이었다. 그럼에도 불구하고 차마 더 이상 물을 수 없었다. 내 안에서, 더 이상 묻지 말라는 저항이 있었던 것이다.

푸른색 이정표가 나타난다. 비에 차단된 이정표는 잘 보이지 않는다. 너는 어디로 가고 있는 중일까. 검은색 소나타를 추격하면서 줄곧 그 질문에서 벗어나지 못한다. 눈이 크고 얼굴은 작고 보라색 원피스를 입은 여자가 지금 어디로 가고 있는지 아느냐고 아무에게나 묻고 싶다. 와이퍼가 움직이는 몇 초 동안 너는 차창에 나타난 듯하다. 어서 쫓아와보라는 듯 미소 짓는다. 그만 깜박거려라. 앞차의 미등을 보며 입을 달싹거린다. 그런 뒤 카오디오의 볼륨을 높인다. 바이올린 독주 사이로 실로폰 소리가 섞여 들린다.

나는 창가에 서서 담배를 연거푸 피워댔다. 눈으로는 물결 치는 바다를 쫓았다. 파도는 모래사장으로 밀려와서 하얗게 뒤집혔다. 파도는 바다에 들어가다가도 부서지기 위해 모래 사장으로 또 달려나왔다. 파도가 하얗게 뒤집힐 때마다 나도 저렇듯 부서지고 싶었다. 기울어져가는 햇빛은 바다와 맞닿 아 빛 무늬를 주고 바다를 붉게 물들였다. 빛이 닿지 않는 동 안 바다는 싸늘하게 제 물결만 반복해서 쓰다듬을 뿐이었다. 빛이 와 닿지 않은 바다는 푸르고 차가워 보였다. 제 몸끼리 부딪쳐 멍이 들어찬 듯 점점 더 짙푸르렀다. 그러다가도 바다 에 해가 비춰들면 제 몸을 다 열어놓고 퍼덕거리는 한 마리 거대한 생물로 변했다.

나는 너를 가해한 남자를 떠올려보았다. 그때마다 가해한 남자는 바로 나로 바뀌었다. 그럴 때마다 거미처럼 교미하다 가 너에게 통째로 삼켜지고 싶다는 파멸의 욕구가 본능처럼 끼어들었다. 너를 가해한 놈이 나였을지라도, 내가 아닌 다른 녀석이었을지라도 상관없었다. 나는 어쩌면 처음부터, 너를 본 순간부터 수컷으로서의 나로 회귀하고 있었는지도 모르겠 다. 낯설고 어린 여자와 자고 싶다는 욕구가 결국 너를 내 숙 소까지 데려왔을 것이다. 자꾸만 내 아래가 뻐근해왔다. 손으 로 그것을 지그시 눌러야 할 정도였다. 나는 너를 힐끗 돌아보았다.

제멋대로 뻗친 머리카락과 두 눈 사이가 멀어 보이는 커다란 눈. 입술 아래 선명한 검은 점이 강렬하게 각인되었다. 내 마음은 흔들리고 있지만 너는 계속 온몸을 긁어댈 뿐이었다. 가만히 있으면 몸이 가려워서 견딜 수 없다고 중얼거리면서 너는 쉬지 않고 몸을 긁었다. 나는 피우던 담배를 창가로 휙, 던졌다. 그런 뒤 피가 역류하는 것을 억누르듯 너에게로 돌아섰다.

"할머니 집이 어디야?"

내 충동을 들킬까봐 과장되게 정색한 큰소리로 물었다.

"내가 당장 데려다줄게. 더 어둡기 전에 출발하자."

나는 네 가방을 들고 일어섰다. 너는 가방을 빼앗더니 가슴에 꼭 안았다.

"이리 내놔봐. 학생증이나 주민증 있어? 난 어차피 내일 아침 일찍 여길 떠난다고. 지금 당장 너를 데려다주러 여길 떠날 수도 있어."

너는 고개를 저었다.

"그럼 전화번호라도 줘봐. 내가 연락해줄게."

너는 끝내 어떤 정보도 주지 않았다. 그 대신 욕을 퍼부었다. 차마 입에 담지 못할 욕을 쏟아냈다. 작은 몸 어디에 저런 분노와 욕설이 숨어 있었을까. 눈이 휘둥그레졌다. 너의 욕은 점점 더 심해지고 그 욕을 뱉어낼 때마다 두 눈과 입술이 더 새파랗게 변해갔다.

"그만 떠들어. 제발."

나는 너의 입을 막았다. 손바닥에 와 닿은 입술의 감촉이 축축했다. 나도 모르게 다른 한 손으로 너의 허리를 감싸 안았다. 방 안은 어둡고 나는 과거의 한 장면으로 다시 돌아가 있는 것 같은 기시감을 느꼈다. 과거의 나와, 과거의 낯선 여자가 다시 맞닥뜨린 듯했다. 기어이, 기어이 어둠 속에 버려두고 왔던 여자를 떠올리고 말았다.

그것은 오래전, 여름 바닷가 숲에서 순식간에 일어난 사고였다.

술에 취해서 싸우고 토하고 미친 듯 소리치고 다녔던 밤이었다. 나는 k형과 이리처럼 바다와 근처 소나무 숲을 배회하고 다녔다. 우리는 며칠째 바다에서 술을 마셨다. 웃통을 벗은 채 바다를 향해 소리를 질러대는 짐승 같았다.

그곳에 바로 그 여자가 나타났다. 여자는 혼자 바닷가를 걷고 있었다. 어둠 속에서 여자의 얼굴은 알아볼 수 없었다. k형이 망을 봐주면서 나를 부추겼다. 멀리서 랜턴을 번쩍여주었고 나는 그 너머에서 여자를 강간했다. 발병하지 않으면 있는지조차 모른 채 사라질 보균처럼 내게 잠복해 있던 것. 한번쯤은 누구나 욕정을 주체하지 못해서 저지를 수 있는 실수라고 변명하고 묻었던 일이었다.

여자는 옷이 찢어질 때까지 발버둥쳤다. 그 여자의 저항을 찍어 누르던 내 손의 힘이 생생히 떠올랐다. 여자의 부러질 것처럼 가늘던 뼈의 느낌도 내 몸에 새겨진 듯했다. 작고 마른 몸으로 필사적으로 저항하던 여자의 몸부림. 옷이 갈기갈기 찢어지던 소리. 그 발버둥치는 것을 찍어 누르던 내 폭력적인 힘……

그 후로 나는 k형을 피해 다녔다. k형은 피서철이면 중독된 것처럼 늘 그런 일을 저지르게 된다고 말했다. 그때마다 너무나 짜릿했지, 라고 떠벌렸다. 장례식장에 모인 사람들은 k형이 타살당한 것인지 자살한 것인지를 놓고 설왕설래했다. 나는 k형이 끓어오르는 피를 식히려고 바다에 영원히 들어가버린 것이라고 농담처럼 말해주었다.

시간이 지날수록 가로등 빛이 창백해진다. 내 얼굴에 핏기도 가시고 있는 기분이다. 밤새 여자아이를 찾아 도로를 질주했다. 그러나 포기할 수 없다. 눈을 크게 뜨고 앞차를 응시하며 달린다. 검은색 소나타에 탄 네가 손을 흔드는 것 같다. 하마터면 앞차와 충돌할 뻔했다. 천천히 브레이크를 밟는다. 나를 방어해야 한다. 그래야 모두 무사하다. 적당히 방어하면서 살면 아무 일도 없을 것이다. 왕거미는 손을 대면 웅크리고 땅에 떨어져 죽은 척을 한다고 했던가. 가사, 강직, 의사. 나는 중얼거린다. 그렇게 살아왔다. 가사 강직 의사…… 주위의 차들이 복잡하게 엉기는 사이 앞차와 간격이 벌어졌다. 앞차를 바짝 추격한다. 카오디오에서 수탉의 울음소리를 묘사한 오보에의 스타카토가 이어진다. 이제 곧 죽음의 무도는 끝날 것이다.

몸을 뒤척이다가 이상한 느낌에 눈을 번쩍 떴다. 네 두 눈이 나를 들여다보고 있었다.

"거미는 암컷이 수컷을 잡아먹기도 해요. 검은 과부 거미처럼. 어떤 수컷은 다른 암컷을 찾아가 바람을 피우기도 하지만. 수컷이 너무 흥분하면 끝장이죠. 교미한 뒤에 적절한 거리를 두지 못하면 수컷은 잡아먹히는 거 아세요?"

너의 목소리가 내 욕구를 더욱 자극하는 것 같았다. 물론 나도 알고 있다. 거미는 같은 거미끼리도 잡아먹는다는 것 정도는. 그렇다고 해도 나는 너를 폭행했다는 놈의 흉내를 거둘 수 없는 지경에 이르고 만 것이다.

너의 손이 내 볼을 만지작거렸다. 베어지는 기분 나쁜 느낌이 들었고 쓰라렸다. 네 손에 든 면도칼이 다시 한 번 내 볼 위로 올라왔다. 나는 한 손으로 볼에 묻어나는 피를 닦으며 다른 한 손으로 너의 손목을 잡았다. 너는 필사적으로 버둥거렸지만 면도칼은 이내 내 손안으로 들어왔다. 나는 그것을 문 입구로 던졌다. 볼에서 흘러내린 피가 시트 위로 떨어졌다.

그 핏자국과 너를 번갈아 보았다. 면도칼에 베어진 상처보다 내게로 들이민 살의의 이유가 더 궁금했다.

"왜?"

나는 너를 덮치고 내 몸 아래 내리눌렀다. 너의 원피스가 벗겨지고 그 바람에 나는 더 흥분하고 있었다. 너의 다리가 올라가고 너는 일으켜지고 너는 엎드려졌다. 너는 아무런 저항도 하지 못한 채 내 노예가 되어갔다. 나는 네 몸속에 마음껏 사정했다. 비로소 몸속에서 뛰어다니던 괴물이 다소곳이 몸의 어느 구석으로 숨어들었다. 너는 내 몸 아래 깔린 채 눈을 홉뜨고 내게 침을 뱉었다. 너의 입에서 하얗게 거품이 일었다. 그런 너의 모습은 한 마리의 독거미처럼 보였다. 나는 너의 얼굴을 한동안 내려다보았다. 무엇인지 명확하지는 않지만 애써 허물지 않으려고 애쓰던 모든 것이 수포로 돌아가 버린 기분이었다. 모든 일이 물거품처럼 사라져버린 듯 맥이 풀렸다.

처음 대합실에서 만났을 때, 가장 두려워했던 것은 바로 이런 상황이었다. 아니면 가장 원했던 것이 이런 상황이었는지도. 완벽히 한 여자를 폭행하는 것, 너를 알고 싶다는 것조차 내 폭행을 감지하는 여자를 만나고 싶다는 것의 다른 표현이었다.

나는 폭행을 당하는 것을 알아차린 채 분노하는 그 분노와 다시 맞닥뜨리고, 내 비열함이 바로 나라는 것을 보고 싶었다. 너무 오래 잊고 지냈다.

야수 같던 내 내면, 깊숙이 밀어넣었으나 내 것이던 그것.

"너도 같은 놈이지?"

너는 소리를 질렀다. 마지막 남은 힘을 다 쥐어짜낸 듯 지친 목소리였다.

"그놈도 그랬어. 손이 시커맸어. 얼굴도. 너도 그놈이 확실해. 첫눈에 알아봤다고."

너는 내게 부인할 틈도 주지 않았다.

"가만두지 않을 거야."

"정말 내가 그놈이라고 생각해? 확실해? 아니라고 말해. 아니라고 말하라니까."

너의 저항이 거세어질수록 나는 더욱 제정신이 아니었다.

"너도 곧 벌을 받게 될 거야. 다른 놈들처럼."

나는 온몸의 힘이 다 빠져나가는 기분이 들었다.

"작년에도 한 놈이 바다에 빠져 죽었다고. 나바호 거미 여인이 바다로 데려간 거지. 너도 그렇게 가게 될 거야."

이상하게도 그 말에 더 이상 너에게 손을 댈 수 없었다. 내가 주춤하는 사이에 너는 몸을 일으키려고 애썼다. 손목에 붉게 치솟아 올라 있는 상처, 네가 그토록 긁어대던 상처 난 손목이 한눈에 들어왔다. 그것은 지울 수 없는 상흔이었다. 그 상흔 속에 지금의 너의 모습이 고스란히 새겨져 있었다.

더 이상 너를 마주볼 수 없었다. 그때 너는 벌떡 일어섰다.

원피스를 다시 입는데 너의 어깨 위에 새겨진 문신이 눈에 띄었다. 두 마리의 푸른색 거미 문신이었다. 어디서 봤더라. 나는 미간을 찌푸리며 떠올리려고 애썼지만 기억나지 않았다. 너는 옷을 걸쳐 입더니 재빨리 방에서 뛰어나갔다.

뒤따라갔지만 너는 어느새 도로로 내달았다. 도로에 멈춰 서더니 손을 흔들며 아무 승용차나 세우기 시작했다. 네가 손 흔드는 모습과 피서지에서 어슬렁거리는 남자들이 겹쳐 보였다. k형과 내가 피서객 사이에서 걷고 있는 모습을 본 것 같은 착각이 들었다. 나는 너에게로 있는 힘을 다해 뛰어갔다. k형을 알고 있는지, k형이 너에게 무슨 짓을 했는지, 너는 k형에게 무슨 일을 저질렀는지 물어보아야만 했다. 하지만 이미 늦은 뒤였다. 달리던 검은색 소나타 한 대가 네가 흔드는 손짓에 멈춰 서고 너는 그 승용차에 올라타고 있었다.

"안 돼!"

나는 주차장으로 뛰어가서 내 차에 올라탔다. 시동을 걸고 황망히 도로에 진입했다. 핸들을 잡은 손이 떨려왔다. 나는 네가 탄 검은색 소나타의 뒤를 바짝 따라붙었다. 너를 만나야만 했다.

내 차를 가로질러서 검은색 소나타 승용차가 두 개의 차선을 건너간다. 일부러 곡예를 시작한 것 같다. 조수석에 네가 탄 것이 얼핏 보인다. 나도 그 차를 추격하기 위해 두 개 차선을 건넌다. 질주하는 차를 따라잡으려고 지나치게 속도를 낸 탓일까. 일차선에서 핸들이 꺾이지 않는다. 차가 중앙 분리대를 박을 듯 지그재그로 휘청댄다. 갓길로 빠져나가기 위해 핸들을 꺾는다. 핸들은 의도대로 움직여주지 않는다. 주위를 살펴본다. 갓길 아래는 까마득한 낭떠러지가 분명하다. 내 앞과 뒤에서 달리던 차들이 위험을 감지하고 브레이크를 밟고 있다. 갓길을 넘어서도 브레이크가 듣지 않는다면 속도를 못 이긴 채 차는 추락할 것이다.

눈을 부릅뜨고 정면을 주시한다. 그곳이 네가 말하던 나바호 지방의 암벽 구멍 속일지도 모른다. 거미여인이 나를 보고 웃으며 기다리고 있었다고, 두 팔을 벌릴까. 아니다. 아주 오래전 내 몸 아래에서 울부짖던 메마른 여자, 그 여자가 오래 기다렸다는 듯 손짓하며 웃을지도 모른다. 어쩌면 k형도 그곳에 있을까.

죽음의 무도가 처음부터 다시 연주되기 시작한다. 와이퍼가 차창에 재처럼 뿌려지는 새벽빛을 자꾸 밀어낸다. 그 자리에 너의 얼굴이 비치는 것 같다. 와이퍼가 좌우로 움직이며 너의 얼굴을 떼어내려고 안간힘이다. 너는 차창에 들러붙은 듯 사라지지 않는다. 입술을 움직여 나에게 무어라고 자꾸 중얼거린다. 창백한 얼굴이 흔들린다. 그 어디에도 적의에 차서 그 누구라도 파괴하려던 너의 모습은 없다. 오히려 너는 가련하게 내 차창에 매달려 있다. 제발 구해달라고 소리치는 것 같다.

승용차가 덜덜덜 떨며 내 몸을 흔들어댄다.

희
망
서
점

신발을 끌며 복도를 걸어오는 발소리가 들린다. 송의 발소리가 저랬던가. 송은 늘 무릎을 세우며 가볍고 사뿐히 걷지 않았던가. 송이 문을 열고 가게 안으로 들어가더니 스위치를 올린다. 가게 앞 입간판의 불이 켜지고 흰색 아크릴 판이 희부옇게 밝아진다. 'Song'이라고 쓴 상호가 드러나자 그 아래로 '각종 여성용 속옷 전문'이라는 붉은 글씨가 선명하다.

송은 가게 안으로 들어가더니 전면 거울 앞에 서서 자신의 모습을 들여다본다. 그가 거울 앞에 선 모습은 한 번도 목격하지 못한 장면이다. 늘 지아보다 먼저 출근해서 지아와 함께 마실 원두커피부터 갈던 그였다. 송은 거울 앞에서 좀처럼 돌아서지 않는다.

지아는 유리문을 연다. 그제야 송이 지아를 돌아본다. 지아가 손을 흔들자 송은 장대 같은 키에 걸맞게 큰 손을 흔들며 활짝 웃는다.

"책방, 나왔어?"

송은 지아를 언제나 '책방'이라고 부르고 지아는 그를 '송'이라고 부른다.

송이 책방 안으로 들어오더니 잡지책이 진열된 철제 가판대를 꺼내준다. 지아는 먼지떨이로 책 위에 쌓인 먼지를 턴다. 세 평 남짓 되는 책방에서 먼지들이 나갈 통로를 못 찾고 다시 책 위에 내려앉았다.

"저어, 책방……"

송이 지아의 주위를 맴돌더니 말을 건다.

"어제 말이야. 책방이 문 닫고 들어간 뒤 어떤 사람이 책방을 찾아왔던데?"

"누가요?"

"나야 모르지. 책방이 숨겨둔 애인인가?"

송이 웃으며 지아의 눈치를 살핀다. 지아가 아무런 대꾸를 하지 않자 송은 머쓱한 표정을 짓더니 가게로 돌아간다.

지아는 먼지떨이를 제자리에 두고 책꽂이를 살핀다.

책꽂이 한쪽에는 지난 한 달 동안 팔리지 않은 월간지가 빼곡히 꽂혀 있다. 미처 반품하지 못한 책들이 쌓여서 책꽂이는 빈 공간이 거의 없다. 한 달 전만 해도 그 책꽂이에는 지아가 일부러 반품을 하지 않은 책도 있었다. 반품하지 못한 책을 정가의 25퍼센트에 팔 때를 기다렸다가 사가는 양씨 때문이었다.

양씨에게는 열두 살 된 아들이 있었다. 그 아들은 백혈병 환자였다. 발병한 뒤 비싼 치료비 때문에 입원도 못하고 가끔 병원에 가서 약을 타서 먹었다. 그나마 약값이 없을 때는 며칠씩 약을 못 먹고 버틴다고 했다. 그 아들은 늘 책방 구석에 앉아서 퉁퉁 부은 얼굴을 숙이고 월간 만화책을 보며 킬킬거리고 웃었다. 양씨는 가끔 책방에서 아들에게 줄 할인 책을 사가곤 했다.

하지만 이제 반품을 하지 않고 일부러 책을 남겨둘 필요가 없어졌다. 지난 한 달 동안 양씨 아저씨가 책을 사가지 않았다. 양씨의 아들이 죽은 것이다.

책장 한가운데 있는 도마뱀이 한눈에 들어온다. 도마뱀은 S자로 몸을 틀고 숨죽이고 있다. 지아는 그것을 볼 때마다 번번이 놀랐다. 책표지에 선명하게 그려진 도마뱀의 이름을 알려고 책을 펼쳐본 적이 있었다. 책 속에는 수백 마리의 도마뱀이 꿈틀댔다. 책표지에 그려진 도마뱀은 녹색 바탕에 나뭇가지 같은 검은 줄이 있는 그린트리 도마뱀이었다. 적이 공격하면 꼬리를 잘라내고 잘린 꼬리가 파닥파닥 뛰어다니며 적을 현혹시키는 동안 줄행랑치는 놈이라고 했다.

지아는 음악을 틀어놓고 의자에 앉는다. 지난 일 년 동안 똑같은 음악과 똑같은 형광등 불빛이 지아의 어깨 위에 내려앉았고 오늘도 언제나 그랬듯이 밤 아홉시면 퇴근할 것이다.

오후가 되자 한 무리의 아이들이 책방으로 몰려온다. 시장에서 장사하는 집 아이들이다. 아이들은 책방 문을 열고 들어와 스위치를 내리고 랜턴을 흔들어댄다. 랜턴 불빛이 책방 안에서 현란하게 흔들린다. 그러다가 랜턴 불빛을 지아의 얼굴에 비춘다. 감옥에 든 죄수를 감시하듯 지아의 얼굴을 불빛으로 훑고 지아가 손으로 불빛을 가리며 쩔쩔매면 웃으며 몰려나간다. 그만 하라고 야단칠 사이도 없이 순식간에 벌어지고 순식간에 지나가는 소동이다. 저희들끼리 모의한 기습적인 장난은 사흘이 멀다 하고 벌어진다.

지아는 일어나서 스위치를 켜고 동전만한 불빛의 잔영을 떼어내려고 눈을 껌벅인다. 불빛의 잔영은 바라보는 사물마다 들러붙어 얼룩을 남기며 사라지지 않는다.

"어휴, 책방 찾기가 왜 이렇게 힘들어?"

치희가 들어왔을 때 치희의 얼굴에도 얼룩이 들러붙었다.

"복도는 왜 이렇게 많은 거야? 한번 들어오면 나갈 길을 못 찾겠어."

생기. 웃음. 너스레. 치희에게 붙어다니던 말이 무색하게 일 년 만에 나타난 치희는 계속 투덜거렸다. 숏컷한 머리와 주황색 면 티셔츠에 너덜너덜한 청바지를 입은 옷차림은 변함없었지만 작은 키에 통통한 몸 어디에나 넘치던 강렬한 에너지는 찾을 수 없었다. 치희는 다리를 꼬고 앉더니 담배부터 피워 물었다. 자세히 보니 얼굴에 기미가 가득했다.

"돈을 벌려면 제대로 벌든가. 사람들도 안 다니는 상가에서 어쩌자는 거야?"

치희가 연신 혀를 찼다.

"오늘 우연히 네 소식을 알게 됐어. 그래서 곧바로 달려온 거야."

지아는 커피를 건넸다. 커피를 마시는 동안에도 치희는 쉴 새 없이 지난 이야기를 쏟아냈다. 지아가 공동체 학교를 떠난 뒤 자신이 뒷수습을 다 했다는 이야기도 했고 그 후로 얼마 지나지 않아 폐교된 사연도 늘어놓았다. 그러더니 치희는 뜻밖의 이야기를 꺼냈다.

"나, 사실은 속 안 좋아서 약 먹으면서 일 다녔거든. 지금 병원에서 오는 길인데 임신이라네. 방세도 두 달이나 밀렸는데. 돈 있으면 좀 빌려줄 수 있어?"

정식으로 결혼을 한 것인지, 누구의 아이인지 묻고 싶었지만 지아는 끝내 물을 수 없었다. 다만 지금은 돈이 없다고 잘라 말했다. 하지만 치희는 서운한 기색 없이 알았다고 말했다. 지난 이야기를 더 늘어놓던 치희는 며칠 뒤에 또 오겠다고 말하며 책방에서 떠났다.

  정오가 되었다.

  속옷가게 송은 아직도 물건을 진열하고 있다. 스타킹은 색
깔에 맞춰 정리하고 양말은 가격대로 늘어놓는다. 잠옷을 옷
걸이에 보기 좋게 걸어놓은 뒤 유리 진열장에는 브래지어를
차곡차곡 개켜 넣는다. 물건을 진열하느라 송은 한나절을 다
보낸다. 하루 종일 스타킹 몇 켤레 혹은 팬티 몇 장이 팔릴 뿐
이지만 송은 하루도 빠짐없이 최선을 다해서 진열을 마친다.
물건을 다 정리하고 빈 박스를 선반 위로 올린 뒤에야 송은
의자에 앉아서 숨을 돌리고 손님을 기다린다. 저녁이 되면 진
열했던 것을 보관 상자에 도로 넣느라 또 한나절을 보낸다.

  진열을 마친 송이 책방 문을 열고 들어온다. 손에는 다 읽
은 추리소설 한 권이 들려 있다. 그 책을 제자리에 꽂은 송은
손바닥을 비비며 지아에게 다가선다.

  "정말 미쳤어. 미치지 않고서야 어떻게 이렇게 끔찍하게 쓸
수 있어?"

  송은 방금 읽은 추리소설의 줄거리를 들려준다. 끔찍한 장
면을 콕 집어내어 상세하게 떠들고 지아가 진저리치며 그만
하라고 해도 멈추지 않았다.

  "책방에 있는 추리소설 이제 다 읽었어. 신간은 안 들여놓

을 거야?"

"가져와야죠. 곧."

지아는 대충 얼버무린다. 신간을 가져와도 한 권도 팔리지 않았다. 신간을 들여올수록 반품은 늘어나서 신간을 몇 달째 가져오지 않았다.

"신간을 꽂아놔야 손님이 책을 사가지. 물건을 안 가져오니까 장사가 안 되고 장사가 안 되니까 물건을 못 갖다놓고. 그렇게 악순환만 할 거야?"

송이 지아를 채근하는 사이 여고생 한 명이 들어온다. 교복을 입은 학생은 책장을 살피다가 『자살에 대한 연구』란 빨간 표지의 책을 계산대 위에 올려놓는다. 지아의 손때가 묻은 책이다. 여학생은 계산을 마친 뒤 가슴에 책을 품고 책방에서 나간다.

"왜 저런 책을 사지?"

여학생이 나가자마자 송이 참견을 한다.

"얼굴이 창백하고 눈엔 초점이 없고. 혹시?"

"혹시 자살에 대한 연구 읽고 자살할까 봐요? 그래도 책이라도 읽는 사람은 건강한 사람이에요."

지아는 난독증에 걸려서 책을 한 권도 읽지 못하고 있었다. 책을 읽을 수 있게 된다면 아버지가 원하는 대로 책방을 그만두고 취직을 할 수 있을 것 같았다.

송은 심심한 표정으로 탁상시계를 집어 들어 건전지를 꺼내 다시 끼운다. 시계는 다섯시 오분에서 초침이 움직이지 않았다. 송은 탁상시계를 소리 나게 내려놓는다. 그러더니 할 말이 있는 사람처럼 머뭇거린다. 송은 아무래도 평소와 조금 다르다.

"그런데 어제 왔던 그 남자 누군지 생각났어?"

"모르죠."

지아가 냉랭하게 대답하자 송은 더 이상 말 붙이기를 포기하고 책방에서 나간다.

지아는 창에 내려져 있던 블라인드를 올린다. 책방 안이 밝아지고 유리창 밖으로 시장 풍경이 드러난다.

상가 복도를 지나 건물을 나가면 시장 한복판이다. 하지만 지아는 늘 이곳 책방 안에서 유리창 밖 시장을 볼 뿐이다. 좌판을 펴고 파릇한 푸성귀들과 생선들과 네모난 철창에 가둬져 산 채로 팔려나가는 닭이나 개가 보인다. 그리고 길게 늘어선 좌판의 맨 끝에서 생선을 팔며 박카스를 마시고 있는 양씨의 아내도 보인다.

양씨의 아내는 작은 키에 깡마른 여자다. 빠글거리는 짧은 파마 때문에 가뜩이나 작은 얼굴이 더 작아 보인다. 양씨의 아내는 파란색 포장 아래에 좌판을 벌여놓고 장사를 한다. 빈 생선 궤짝에 고등어, 동태, 오징어, 갈치들을 늘어놓고 판다.

냉동된 동태를 파느라 동태들을 번쩍 들어 바닥에 패대기쳐서 떨어뜨리기도 한다. 손님이 와서 생선을 사면 손에 든 큰 칼을 번쩍 들어 생선을 자른다. 그럴 때마다 칼날이 햇빛에 부딪치며 번쩍거린다.

그녀의 남편 양씨는 노점 상인에게 자릿세를 걷는 수금원이다. '역전상가 주식회사'라고 쓴 카키색 모자를 눌러쓰고 아침부터 저녁까지 노점을 돌면서 돈을 걷는다. 자릿세를 못 내겠다고 버티는 노점 상인들과 늘 싸움이 그치지 않는다. 양씨가 나타나면 자릿세를 내지 않으려고 보따리를 들고 슬그머니 구석에 숨다가 양씨가 사라지면 보따리를 펴고 장사를 시작하는 노점 상인들도 많다.

하지만 양씨는 외아들이 죽자 더 이상 자릿세를 수금하러 다니지 않는다. 그 대신 양씨는 아내가 생선을 파는 천막 한 구석에서 아들이 보던 만화책을 펼치고 침을 발라가면서 책장을 넘긴다. 어두워지고 파장이 되어도 양씨는 일어설 줄 모른다. 양씨의 아내가 집에 들어가라고 성화를 해도 천막 아래 앉아서 졸고 아내가 장사를 마치기를 기다린다.

그러다가 가끔 양씨가 책방으로 들어오는 일도 있다. 반품될 책을 꽂은 책꽂이의 만화책을 꺼내보다가 양씨는 계산대에 책을 올려놓기도 한다.

양씨의 아내는 오늘도 생선을 자르고 있다. 한쪽 손을 허리춤에 올리고 고개를 꺾어 박카스를 연신 들이켜면서. 박카스에 완전 인이 박혔어. 그렇게 혼잣말을 중얼거리면서.

"책방 뭐해?"

송이 커피 두 잔을 들고 들어온다. 지아가 커피를 마시는 동안 송은 몇 차례나 기지개를 켠다.

"책방은 이런 데서 갑갑하지 않아?"

"괜찮아요."

"에이, 시무룩해 보이는데. 책방, 어제 찾아왔던 그 남자에게 실연당했지?"

지아가 대꾸하지 않자 송은 또 한 번 두 팔을 뻗으며 길게 하품을 한다. 그러더니 책장의 책을 꺼낸다. 『불안의 정체』나 『해부학 교실』『시체의 미스터리』 같은 추리소설에는 송의 손때가 묻어 있다. 송은 다 본 추리소설을 또다시 읽기가 지겨워진 것인지 선뜻 책을 골라내지 못한다.

"에잇, 『살인자의 미소』나 한 번 더 봐야겠어. 근데 책방은 살인자가 어떻게 미소를 지을 것 같아?"

송이 책을 가슴에 안아 들고 지아에게 묻는다. 그러더니 커다란 입을 최대한 옆으로 길게 늘어뜨리며 웃는다.

"어때? 비슷하지 않아? 살인자란 걸 숨기려고 최대한 선량하게 웃겠지?"

송이 혀를 내밀더니 입맛을 다시는 시늉을 한다.

"아, 지루해. 이렇게 손님도 없는데 도대체 우린 뭘 기다리는 거지? 아무것도 기다리는 게 없어서 지루한가?"

송의 말대로 책방의 손님은 고정되어 있다. 간혹 『월간 산』이라는 잡지를 사러 한 달에 한 번 오는 여자나 판타지 소설이나 동화책이나 참고서를 사러 오는 주부나 학생이 전부다. 하루에 일곱 권쯤 팔고 나면 저녁이 되고 문 닫을 때쯤 되면 아버지가 책방에 들른다.

"그런데 책방! 저기 문구점 말이야. 오늘 왜 안 나오지?"

송이 문구점을 가리킨다. 속옷가게에서 왼쪽으로 두번째 붙은 문구점 주인은 퇴근할 때마다 유리문에 검은 천으로 된 커튼을 치고 가기 때문에 문을 열지 않으면 가게 안은 하나도 보이지 않는다.

"알은체를 먼저 하는 적이 없어. 온종일 인상을 팍팍 긋고 있으니 손님이 왔다가도 도망갈 거야. 그리고 이렇게 장사 안 되는 상가에 입주해 들어온 주제에 뭔 떼돈을 벌 거라고 물건을 쌓아놓고 장사를 하냔 말이야. 사무용품이나 초고속 복사기, 컴퓨터, 팩시밀리, 가게가 발 디딜 수도 없이 물건으로 꽉 찼잖아."

송이 험담을 늘어놓는다.

얼마 전 문구점이 개업하던 날, 제일 신이 났던 것은 송이었다. 그는 복도를 왔다 갔다 하면서 문구점 남자에게 허풍을 떨었다.

"시장 뒤편에 있는 공장 단지에 아파트가 들어서는데 자그마치 이천 세대는 될 거요. 그러면 여기 장사도 불붙듯 확 사는 거야. 아무렴. 여기 장사 되는 건 시간문제요."

송이 침을 튕겨가며 문구점에게 허풍을 떨던 광경이 엊그제 일처럼 눈에 선했다.

그러나 문구점이 입점한 지 며칠도 지나지 않아서 두 남자는 사사건건 싸웠다. 두 가게 사이에 폐업한 가게 유리문에 '브래지어 세 장에 만 원 세일'이라고 써 붙여놓았는데 문구점이 입점하자마자 '복사 한 장에 70원'이라고 더 크게 써서 '브래지어'라는 글자를 덮었다. 두 사람은 서로 종이를 뗐다 붙였다 하면서 소리 내어 싸웠다.

"워낙 내 논리가 꽉꽉 서니까 문구가 꼬리를 내리던데 뭘."

송은 지아 앞에서 자신이 문구점의 기선을 제압한 것을 떠벌리기를 좋아했다.

하지만 문구점 남자의 험담을 늘어놓다가 송이 속옷가게로 돌아간 지 한 시간도 지나지 않아서 지아를 불렀다.

"책방, 책방, 빨리 나와봐!"

지아가 복도로 나가자 송은 문구점 앞에서 왔다 갔다 하고 있다.

"봤어? 봤어?"

송이 연신 묻는다. 문구점 앞으로 다가가자 '복사'라고 큰 글씨로 쓰인 유리문 한쪽이 평소와 달리 열려 있다. 송이 가게 앞으로 다가가더니 한쪽 문을 마저 연다. 가게 안은 텅 비어 있다.

"아니, 어제만 해도 멀쩡……"

"아, 글쎄, 문구점 남자가 도주했다는 거야. 사기꾼이었대. 거래처에서 외상으로 들여놓은 초고속 복사기, 컴퓨터, 팩시밀리 등 모두 차에 싣고 밤에 떴다는 거야. 전화도 자그마치 이백만 원어치나 사용했대. 서울부터 울릉도까지, 국제전화도 마구 해서 위치 추적을 불가능하게 만들어놓고 사라졌네. 정말 어처구니없는 자식이네."

송이 수선을 피우자 장사하던 상가 사람들이 문구 앞으로 와서 수군댔다. 지아는 슬그머니 책방으로 들어와서 의자에 앉는다.

허구의 남자가 허구의 가게를 차려놓고 허구의 시간만큼 버틴 뒤 사라진 것이다. 허구의 남자. 허구의 시간. 그 말은 민형에게 썩 어울리던 단어였다.

일 년 전이었다. 아르바이트 월급을 받은 날이었다. 민형에게 줄 음식을 사 들고 그의 자취방으로 갔다. 민형을 깜짝 놀라게 해줄 작정이었다. 그의 집에 도착했을 때, 다섯시 오분이었다. 지아는 열려 있는 단독주택의 대문을 지나 그의 자취방 앞으로 갔다. 방문은 쉽게 열렸다. 그러나 방에는 민형이 혼자 있지 않았다. 치희를 안고 있는 민형의 등이 보였다. 둘다 알몸이었다. 서로에게 집중하느라 지아가 문을 여는 것도 모른 채 두 사람은 엎치락뒤치락하고 있었다. 지아는 얼른 문을 닫고 돌아섰다.

밤까지 거리를 헤매고 다녔다. 민형이가 지아를 만나면 늘 데리고 들어가던 성당에 갔다. 밤새 성당에 들어가 있다가 새벽 종소리를 들었다. 굳이 그 성당을 찾아간 이유는 하나였다. 민형이가 그 성당에서 결혼식을 하자고 말했던 것이다. "넌 한복을 입고 머리 위에는 장미를 한 송이 꽂는 거야. 난 네 팔짱을 끼고 선배가 들려주는 길고 긴 주례사를 들을 거야. 주례사가 끝나면 결혼식에 모인 사람들과 성당 근처에 있는 공원으로 가자. 거기서 목청껏 노래하고 얼싸안고 춤추고 노는 거야. 세상에서 가장 흥겨운 결혼식 밤을 보내는 거야."

지아는 다음날 저녁에 공부방으로 갔다. 수업을 마친 뒤 민형과 치희 그리고 남아 있던 학생들과 어울려서 술을 마셨다. 민형과 치희는 평소와 다름없어 보였다. 지아를 대하는 민형의 태도 역시 한결같았다.

두 사람의 그런 태연한 행동이 지아에게는 더욱 충격이었다.

자신이 알고 있던 두 사람은 누구인가. 두 사람과 관계했던 자신은 그들에게 누구였던가.

지아는 서둘러 그곳에서 나왔다. 성당으로 들어가서 어떻게 자신이 본 것을 말할 것인지 고심했다. 하지만 아무리 생각해도 말해야 할지 말아야 할지조차 결정하기 어려웠다. 민형과 치희를 한꺼번에 잃는 일은 지난 4년 동안 자신이 믿고 사랑했던 모든 것이 허구였다는 것을 인정하는 일이었다. 그리고 철저히 혼자가 되는 일이었다. 자신이 없었다. 그래도 어쩔 수 없다고 결정했다. 그들과 결별하기로 어렵게 작정을 하고 두시가 넘어서 성당에서 나올 수 있었다.

집으로 돌아가는 길이 잘 기억나지 않았다. 아니 집으로 가는 골목을 자꾸만 지나쳐 걸었고 돌아가서 걷다가 또 지나가곤 했다.

그러다가 전혀 낯선 골목으로 들어간 것이 문제였다. 두 남자의 손에 붙잡혀 뒷골목으로 끌려 들어갔다. 남자 둘이 지아를 눕혔고 두 남자의 힘 앞에 지아는 시체처럼 늘어졌다. 무겁고 차갑고 끈적거리는 몸이 지아를 번갈아가며 눌렀다. 암전 같은 시간이 지났고 남자들이 도망친 뒤에 기절했다.

그 후 지아는 한 달 동안 잠만 잤다.

아버지는 방문을 열어 지아의 얼굴을 물끄러미 내려다보았다. 그러다가 지아가 덮어쓴 이불을 입술 아래까지 내려주었다. 그때마다 지아는 아버지에게 말했다.

"동굴에 들어가고 싶어요. 아무도 못 찾는 곳에 숨게 해주세요."

얼굴에 멍이 가시자 아버지는 시장 상가로 지아를 데리고 갔다. 상가 안은 미로처럼 복잡했다. 지아는 뚜벅뚜벅 아버지를 따라 걸어 들어갔다. 희망 서점이라고 쓴 간판 앞에 아버지가 멈춰 섰다.

"희망 서점. 촌스럽지? 그런데 난 촌스러운 게 좋아. 그게 사람 맛 나잖아."

아버지는 유리문을 열었다. 유리문 안에서 곰팡내가 풍겼다. 아버지는 그 안으로 지아의 손을 잡고 들어갔다. 박스에 담겼던 책을 꺼내라고 말했고 책장에 그 책을 꽂으라고 시켰다. 희망 서점은 아버지가 지아에게 마련해준 깊은 동굴이었다.

"이런 데서 장사가 되나?"

지아가 고개를 들었다. 한동안 지아를 지배하던 목소리. 굵은 저음의, 그러나 정감 있는 목소리. 책장을 넘기던 지아의 손이 파르르 떨린다.

지아가 있는 곳을 일 년 만에 찾아온 민형은 말없이 책을 빼서 읽고 다시 제자리에 꽂기를 반복한다. 지아는 그가 손만 올려도 무슨 책을 꺼내는 것인지 알 수 있다. 한자리에 너무도 오래 꽂혀 있던 책들인 것이다. 『유예된 시간』『소리 없는 노래』『희망에 대해 말씀드리지요』…… 시집들의 제목이 한 눈에 들어온다. 그는 책을 구경하는 것이 아니라 지아에게 할 말을 고르는 중일 것이다.

"이제 그만 문 닫지그래?"

그때 아버지가 책방 안으로 들어온다.

아버지는 지아에게 다가오며 무어라고 몇 마디 더 덧붙인다. 지아는 제대로 알아듣지 못한다. 아버지는 민형을 힐끗 쳐다 보고 지아의 표정을 살핀다. 하지만 모른 척하기로 작정한 사 람처럼 그대로 복도로 나간다. 아버지의 발소리가 복도를 울 리고 한참 뒤 사라진다.

지아는 민형의 침묵을 참기 어렵다.

유리창을 향해 몸을 돌린다. 유리창 너머 시장의 풍경이 다 가설 듯 눈에 들어온다.

기름때 전 앞치마를 두르고 생선묵을 튀기고 있는 아주머 니가 보인다. 아주머니는 두 눈을 부릅뜨더니 사내의 턱밑에 까지 다가간다. 사내에게 얼굴을 들이대고 바득바득 대든다. 반죽된 생선묵을 썰던 사내가 아주머니가 튀겨낸 생선묵이 담긴 소쿠리를 바닥에 내동댕이친다. 생선묵들이 일제히 시 장 바닥으로 쏟아진다. 아주머니가 무어라고 소리치면서 방 안으로 들어가자 사내는 생선묵 자르던 칼을 들고 아주머니 를 따라 들어간다. 열 살 남짓 된 아이 두 명이 밖으로 뛰쳐나온다. 구경꾼들은 생선묵 가게를 에워싸고 수군거린다.

그런 웅성거림이 끝나기도 전에 칼을 들고 방안에 들어섰던 사내는 태연히 나와서 생선묵을 썬다. 아주머니도 곧이어 나오더니 아무 일 없다는 듯 생선묵을 튀긴다. 아이들은 쪼르르 방으로 들어가버리고 구경하던 사람들이 흩어진다. 달라진 것은 아무것도 없다. 겉으로 보기엔 평온하지만 시장 사람들의 삶에는 칼부림이 감춰져 있는 것이다.

그런 시장의 풍경을 목격할 때마다 등에 식은땀이 나는 것 같다. 그것이 삶인데 구경만 하고 있다는 생각이 들었다.

"갈게."

민형의 말에 유리창에서 몸을 돌린다. 민형은 책을 하나 들고 카운터에 와 있다.

"치흰 잘 지내죠?"

치희가 찾아왔던 사실을 숨기며 묻는다. 치희에게 이곳에 대한 이야기를 들었으므로 민형이 곧바로 이곳을 찾아왔을 것이다. 그런데도 두 사람의 관계를 민형에게서 확인하고 있었다.

"아마, 잘 지내겠지."

민형의 목소리가 퉁명스러워진 것 같다. 그는 보던 책을 카운터에 올린다. 그러더니 돈을 꺼내 책상 위에 놓는다.

그는 날씨에 어울리지 않는 투박한 검은색 점퍼와 깎지 않은 수염과 덥수룩한 머리카락을 하고 있다. 손에는 기름때가 남아 있다. 힘줄이 불끈 솟아난 그의 손은 지아가 한 번도 상 상하지 못한 손이다. 그는 책에 머리를 박고 있거나 손마디를 뚝뚝 분지르며 생각에 잠겨 지내는 사람이었다. 그런 그가 험 한 노동을 한 것이 분명한 손을 하고 있었다.

도대체 민형은 어떤 사람인가. 말해주지 않은 그의 삶에 대 해서는 모른 척해야 하는 것인가. 지아 역시 그에게 그날 밤 에 있었던 일을 전혀 털어놓지 않았으니까. 그가 그날 밤 일 을 묻는다면 그 이야기를 하게 될 것인가. 그렇다고 해도 서 로에 대해 '보여준 것'과 '들려준 것'이 전부라고 말할 수 있 을까.

민형은 가방 속에 책을 넣는다.

"치희는 군포에 있는 직장에 다녀."

그가 말한다. 솔직하지 못한 말은 꼭 수정해서 말해야 직성 이 풀리는 성미였던가.

"너한테 무슨 일이 있는지 모르지만, 이렇게 무작정 숨어야 했어?"

민형이 지아에게 묻는다. 지아가 아무런 대답도 못하자 민 형은 손을 번쩍 들어 인사를 건넨 뒤 책방에서 나간다. 비좁 고 어두운 상가 복도를 지나 그가 떠나는 발소리가 들려온다.

그제야 지아는 알아차린다. 일 년 동안 이곳에서 기다린 것은 그가 찾아내주기를, 단지 그것을 기다렸다는 것을.

"이제 마지막이니 맥주라도 한잔 어때?"

잡지를 꽂은 가판대를 안으로 들여놓아주며 송이 묻는다. 송은 사실은 내일 이사를 간다고 폭탄선언을 했다. 그동안 몇 번이나 하려고 벼르던 말이지만 차마 내뱉을 수 없었다고 덧붙였다.

지아는 송과 상가 이층에 있는 맥줏집으로 간다.

커다란 홀에 손님이 하나도 없다. 지아는 밖이 내다보이는 유리창 가에 앉는다.

건배! 송이 잔을 들며 소리친다. 잔이 부딪치는 소리가 허공을 채운다. 지아의 잔이 비기가 무섭게 잔을 채워준다. 송 역시 빠르다 싶게 잔을 비운다.

"아, 여기서는 어디 유지나 할 수 있겠어? 사실 상가 사람들이 다 그렇고 그렇지만. 사실 나도 다 망해 먹고 갈 데가 없어서 이 구석에서 처박혀 있었지. 하지만 나라고 이런 데서 마냥 썩을 순 없잖아. 진작부터 좋은 데 알아보고 있었지. 근데 며칠 전에 마땅한 데가 나와서 계약했어."

송은 그간 자신에게 있었던 일을 고백하는 말투로 떠들고는 이별주라면서 지아의 잔에 자신의 잔을 부딪친다.

"아……"

그때 송이 창밖을 보며 탄성을 지른다.

"눈이 오네. 가만있어봐. 지금 사월이잖아. 그런데 눈이 오네."

지아도 창밖을 내다본다. 눈이 한겨울처럼 펑펑 쏟아지고 있다.

치희가 찾아오고 민형이 찾아오더니 속옷가게 송마저 내일 이사를 간다고 선언한 날이다. 더군다나 사월인데 지금 창밖에는 눈이 쏟아지고 있다.

한 잔 마시고 창밖을 보면 눈이 사방으로 휘날린다. 느닷없이 사월에 눈이 내리듯 느닷없이 벌어진 일이 있었다. 아주 오래전에 일어났던 일인 듯 느껴지는 일들. 지아가 술을 한 잔 마시고 고개를 들 때마다 창밖에는 눈이 한 무더기씩 내려 쌓이고 있다. 취했는가 싶었는데 송이 지아의 옆에 다가와 앉아 있다. 그러더니 지아의 손을 잡는다. 지아는 송에게서 손을 빼고 일어선다.

"책방, 책방……"

송이 부르는 소리를 들으며 지아는 맥줏집에서 나온다. 뒤따라온 송이 지아의 팔을 잡는다.

"어디든 갈래요? 이 상가 밖으로, 비좁은 상가 밖으로, 어디로든 가요. 이제……"

그 말을 한 사람이 자신이었는지 송이었는지 알 수 없다.

지아가 눈을 뜨자 붉은 조명이 켜진 초라한 여관이다. 침대에 누워 있던 송이 손을 내저으며 잠꼬대를 한다. 송이 눈을 뜰까봐 두려워서 지아는 얼른 방에서 도망쳐 나온다. 붉은 카펫을 밟고 계단을 내려와서 여관 문을 연다. 골목을 걸어 나오는 하이힐의 발자국 소리가 가슴을 쿡쿡 찔러댄다. 아직 동트기 전이어서 다행이라고 자신에게 말해준다. 더군다나 여전히 함박눈이 쏟아지고 있지 않은가. 눈꺼풀 속까지 파고들며 시야를 흐리며 눈이 내리고 있지 않은가. 지아는 문득 제자리에 멈춰 선다. 그리고 고개를 쳐든다. 눈이 얼굴을 시리게 만들며 얼굴 위에 가득 퍼붓는다.

지아는 갑작스레 오는 사월의 눈을 남김없이 얼굴에 받는다.

오후 늦게 책방으로 출근하자 속옷가게는 이미 텅 비어 있다. 속내의나 스타킹을 담았던 빈 상자가 몇 개 뒹굴 뿐 아무것도 없다. 눈에 익숙한 뭐라도 있나 하고 지아는 속옷가게 안을 들여다본다.

유리창에 얼굴을 붙이고 어두운 안을 본다.

'분명히 무엇이 남아 있을 텐데……'

하지만 송은 플라스틱 의자 하나 남기지 않고 모두 가져간 모양이다. 무엇을 찾기라도 하듯 지아는 가게 안을 들여다보며 눈을 크게 뜬다. 그것은 차라리 부릅떴다고 하는 것이 옳을 것이다.

지아는 책방 안으로 들어온다.

습관처럼 맞은편의 속옷가게를 바라보는 지아의 눈에 한 여자가 보인다. 여자는 등을 잔뜩 구부리고 같은 자리를 오가고 있다. 그 여자의 모습이 속옷가게의 어둔 유리창에 고스란히 드러나 보인다.

"드르륵."

그때 책방 문이 열리더니 검은 옷을 입은 남자가 들어온다. 유령 같은 남자는 바로 양씨다. 양씨는 뚜벅뚜벅 걸어서 책방 안으로 들어오더니 책장의 한 귀퉁이에 털썩 주저앉는다. 양씨의 아들이 앉아서 늘 만화책을 보며 낄낄대던 바로 그 자리다. 양씨는 고개를 숙이고 앉아서 눈물을 뚝뚝 떨어뜨릴 뿐 말이 없다.

"왜 그러세요?"

지아가 묻자마자 양씨는 기다렸다는 듯 소리 내어 운다. 아들의 이름을 부르다가 알 수 없는 여자의 이름도 부른다. 양씨 아내 이름 같다. 지아는 양씨 옆에 바투 앉는다. 그의 등허리를 한동안 문질러준다. 그의 등허리는 너무도 앙상하다.

낯선 남자 두 명이 책방으로 들어온다. '역전상가 주식회사'라는 상호가 찍힌 모자를 쓴 남자들이 양씨에게로 다가온다.

"상주가 빈소를 지켜야죠. 이러면 안 돼요."

양씨를 부축해서 일으키려고 해도 양씨는 일어서지 않는다.

"무슨 일이에요?"

지아가 남자들에게 묻는다.

"양씨 아주머니가 어젯밤에 목매달고 죽어버렸어요. 목매달고."

그 소리에 양씨가 또다시 통곡한다. 양씨는 남자들에게 끌려가듯 책방에서 나간다. 하지만 양씨의 통곡은 상가 복도를 온통 휘저어놓는다. 빈 점포들 속으로 그 소리가 드나들면서 오랫동안 가라앉지 않는다. 양씨와 일행이 사라진 한참 동안 장송곡이 복도 안에 흘러다니는 듯하다.

마지막으로 인사를 하러 왔다면서 나타난 송이 지아에게 손을 흔들어 보인다.

"이젠 정말 딴 데로 가야겠어요. 분명 여긴 아닌 것 같네요."

송이 지아에게 존댓말을 한다. 아주 정중해진 말투다. 송은 빌린 책을 제자리에 꽂아두고 나갈 때 그랬던 것처럼 조금은 미안하고 어색한 듯 뒷걸음치다가 몸을 돌려 복도를 걸어나간다. 송의 커다란 키가 걸음을 옮길 때마다 불안정하게 휘청거린다.

송이 간 뒤 지아는 책방 안을 수없이 맴돈다. 어지러울 때까지 제자리에서 오락가락한다. 그러다가 도마뱀과 눈이 마주친다. 지아는 그 책을 꺼내 든다. 그린트리 도마뱀. 지아는 사진 속 도마뱀을 한 번 만져주고 이름도 한 번 불러준다. 그러나 자세히 들여다보자 꼬리가 몸 전체 길이의 절반을 차지하는 것 같다. 어쩌면 사진 속의 도마뱀은 지금껏 명명해주던 그린트리 도마뱀이 아닐 수도 있다. 그것과 비슷하게 생겼던 녹색 크레스트 도마뱀이었는지도 모른다.

지아는 도마뱀 책을 빈 상자에 던져 넣는다. 그런 뒤 도마뱀 옆에 있던 책들도 한 뭉텅이 빼어든다. 그리고 그것들을 빈 박스를 찾아 담는다.

어느새 박스마다 책이 찼고 책장이 비어간다.

'이제 더 이상 그는 찾아오지 않을 것이다.'

지아는 중얼거리며 책을 가득 채운 박스의 윗덮개를 여민다. 그런 뒤 박스 위에 매직으로 커다랗게 쓴다.

'반 품 희 망 서 점'

주황색 불빛

우산도 없이 여자는 가로수에 혼자 기대서 있었다. 길가 상점들은 모두 셔터를 내렸고 입간판의 조명도 꺼졌다. 택시를 타는 손님이 없어서 골목길을 한 바퀴 돌고 왔을 때에도 여자는 여전히 그 자리에 있었다. 맞은편 거리는 가로등뿐 인적이 없었다. 여자는 주황색 불빛을 바라보는 것 같았다. 아니 그 불빛 너머의 무언가를 향해 고개를 빼고 있는 듯했다.

여자가 서 있는 옆으로 택시를 바싹 붙여 세우며 클랙슨을 가볍게 두 번 눌렀다. 여자가 미간을 찌푸리며 쳐다보았다. 고개를 빳빳하게 세우려고 애쓰고 있었지만 여자의 몸은 중심을 못 잡고 휘청댔다. 여자는 큰 눈을 껌벅거리더니 택시의 뒷문을 열었다. 독한 술냄새와 비릿한 빗물 냄새가 택시 안에 가득 찼다.

"서울…… 대요."

여자의 목소리가 카오디오에서 흘러나오는 노랫소리에 파
묻혔다. 이곳의 구성원이 되고 싶지만 여기선 뭔가 어긋난다
는 생각이 들어. 브레이크 어웨이, 브레이크 어웨이…… 아
내가 듣던 노래가 쉬지 않고 흘러나오고 있었다.

밤비라도 올 때, 더군다나 택시에 여자 손님을 태우면 무작
정 그리고 아주 오랫동안 달리고 싶은 충동을 느끼곤 했다.
더군다나 늘어진 카세트테이프처럼 상궤를 벗어나 자신을 아
무렇게나 내던질 듯한 여자를 보면 더욱 그랬다. 여자는 머리
카락과 옷에서 뚝뚝 떨어지는 빗물을 닦을 생각도 하지 않고
차창 밖을 내다보고 있었다.

가끔 사람들은 거칠게 운전하는 내게 영업하는 택시를 탄
것이 아니라 화가 잔뜩 난 애인의 승용차를 탄 것 같다고 말
했다. 더군다나 빡빡 밀어붙인 내 배코 머리 때문에 대부분의
여자들은 긴장한 얼굴로 안절부절못하다가 택시에서 내리기
도 했다. 하지만 지금 뒷자리에 앉은 여자는 무방비 상태였다.

한동안 노래만 들으며 차를 몰았다. 이윽고 서울대 안내판
이 보였다.

"손님, 서울대 어디쯤 세워드릴까요?"

여자는 대답 대신에 차창 밖을 두리번거렸다.

"서울역 다 왔어요?"

"서울대 부근입니다."

"아녜요. 서울역으로 가달라고 했어요."

"손님이 탄 곳은 서울역 가는 방향이 아니었어요. 분명히 서울대로 가달라고 했잖습니까?"

"무슨 소리예요. 택시가 내 앞에 서기에 서울역에 가서 기차를 타고 멀리 떠나려던 거였어요."

"그럼 지금 세워줄 테니 건너가서 택시를 갈아타세요. 여기선 차 못 돌려요."

여자는 시계를 보더니 기차 막차가 끊길 시간이 다 되었다고 말했다. 여자가 망설이는 동안에도 나는 차들의 흐름에 따라 계속 직진하는 수밖에 없었다.

"지금 유턴을 해서 서울역에 가도 열두시가 넘을 것 같은데요. 어쩌죠?"

"오늘은 정말 왜 이런지 모르겠어."

"서울엔 아는 사람 없어요? 이왕 늦었으니 오랜만에 보고 싶은 사람이나 만나고 가시죠."

여자를 태우고 더 달리고 싶은 속마음이 불쑥 나왔다.

갑작스런 제안에 여자는 황당한 아저씨 다 보겠다고 중얼거렸다.

"아니면 이 차로 가세요. 그래요. 여행 가고 싶다고 했으니까 어디든 가면 될 거 아닙니까? 그러니까 피차 손해 보는 셈 치고 미터 요금으로 가요."

"……"

역시 짐작한 대로 여자는 집이 아닌 어디론가 떠나고 싶어서 환장한 것이 분명했다.

"천안까지 가도 요금이 안 비싸겠죠? 천안에 아는 사람이 있긴 한데."

나는 고속도로에 진입하기 위해 차선을 변경했다. 백미러로 보이는 여자는 좁은 어깨를 잔뜩 웅크린 채 택시 밑바닥에 머리를 처박을 듯 고개를 숙이고 있었다. 그 때문에 검고 긴 머리카락이 여자의 상체를 다 가렸다.

자기 앞가림도 못하면서 술이나 마시고 다니다니. 술에 취해 어디로 가야 할지도 모르는 몰골이라니. 여자를 경멸하는 마음이 자꾸 올라왔고 그때마다 지그시 눌러야 했다.

우린 매일 롤러코스터를 탄 것처럼 위아래로 앞뒤로 왔다 갔다 할 뿐이야. 아내가 떠들던 말이 떠올랐다. 그 말이 떠오르면 욕지거리가 창자 밑바닥에 고여 있다가 목구멍으로 올라왔다. 롤러코스터를 타는 일은 신나는 일 아닌가. 하루 종일 위아래로 앞뒤로 왔다 갔다 하면 어떤가. 아내가 떠들 때마다 나도 덩달아 떠들었다. 아내는 그런 뜻이 아니라고 말하다가는 입을 다물었다. 아니면 뭔데? 라고 눈을 크게 뜨고 대들면 아내는 궁지에 몰린 표정을 지으며 쩔쩔맸다. 그것 봐. 매일 똑같지만 매일 다른 것처럼 사는 게 바로 생활인 거야. 나는 아내에게 가르치듯 말해주었다.

"그런데, 아저씨……"

한참을 달린 뒤였다. 얼굴 위로 쏟아지는 긴 파마머리에 얼굴을 가리고 있어 잠든 것처럼 보이던 여자가 고개를 들고 나를 불렀다. 술 탓에 혀가 굳어진 듯 어눌하고 느린 말투였다.

"「라스베이거스를 떠나며」라는 영화 봤어요?"

오래된 영화였다. 물론 그 영화를 봤지만 대답하지 않았다.

"그 영화 주인공 니콜라스 케이지 알죠? 아저씨가 딱 그 사람 같네요."

얼굴이 길고 말랐으며 황폐한 인상의 남자. 절망에 빠져서 죽음을 향해 몸을 내던진 채 살아가던 사람. 어떻게 그런 인간과 내가 비슷하단 말인가. 그런 작자는 오히려 아내하고 닮은꼴이었다. 내가 가장 경멸하는 자가 술을 퍼마시고 다니면서 인생이 어떻고 허무가 어떻고 떠들고 다니는 작자들이었다. 여자가 지금 나를 그런 부류의 사람처럼 보았다니 지난 일 년 동안 내 모습도 어지간히 망가진 모양이었다.

"그 사람 멋있지 않아요? 몽땅 다 정리하고 죽을 때까지 술을 마시기로 작정하는 거 아무나 못하죠."

"다 실패한 인생들이 하는 짓거리지."

"실패요? 실패가 뭔데요?"

여자는 제법 시비조였다. 술 취해 횡설수설하는 여자의 말에 더 이상 대꾸하지 않고 빗줄기가 점점 거칠어지는 차창 밖 시야를 주시했다. 큰 물방울이 작은 물방울들을 덮치고 작은 물방울들은 한꺼번에 곤두박질치며 와이퍼에 씻겨 나가고 있었다. 물방울이 물방울을 매달고 또 함께 미끄러지는 수많은 반복을 보고 있는데 여자가 쉬지 않고 떠들었다.

"아저씬 말미잘 알아요?"

"말미잘이라……"

"제가 책 만드는 회살 다니거든요. 아, 너무 많이 마셨나봐요. 토할 것 같아요."

여자는 이야기를 꺼내다 말고 한동안 입을 막고 있었다.

"이번에 만든 책이 말미잘이거든요. 촉수가 꽃잎처럼 화려한 말미잘들. 보라 꽃해변 말미잘, 담홍 말미잘, 살구모래 말미잘. 그 말미잘들은 실거머리 같은 촉수로 먹이를 낚아채서 가운데 있는 불룩한 입으로 먹잇감을 통째로 삼켜요"

"그래서요?"

"그냥 그렇다고요."

말끝에 여자는 손뼉까지 치면서 혼자 낄낄거리고 웃었다.

앞차의 흐름을 따라가면서 여자가 아무렇게나 떠드는 말에 무심해지려고 애썼다. 그런데도 여자는 자꾸 아내를 떠올리게 만들었다. 여자의 말에 끼어들다 보면 자칫 아내에 대한 분노가 여자에게로 옮아갈지 모른다고 경계하는 심정이 되었다.

"시간이 말미잘의 촉수처럼 나를 집어서 통째로 삼킨 것 같다니까요. 촉수에 걸려들면 끝장이라니까요."

"무슨 말을 하는 겁니까?"

"아저씨 택시도 그렇잖아요. 갑자기 서더니 나를 어디론가 데려가잖아요. 우리 집은 수원인데 아저씨가 나타나서 나를 천안으로 데려가고 있으니까 웃기잖아요."

여자의 말을 도무지 알아들을 수 있을 것 같지 않았다. 술에 취하면 저렇듯 끝없이 떠드는 여자가 있었다. 잠에 떨어지거나 울거나 입을 완전히 다물어버리는 여자도 있듯.

여자에게 더 이상 신경 쓰지 않으려고 정면을 주시했다. 택시는 앞차의 붉은 미등을 쫓아 속도를 조절하면서 장난감처럼 단순하게 움직였다. 비에 젖은 아스팔트는 검은 유리판처럼 매끄러웠고 투명해서 차들이 내뿜는 불빛을 붉게 난반사시켰다. 뒤따라오던 차들이 택시를 추월해 가기도 했고 부딪힐 듯 나란히 달리기도 했다. 하지만 택시 안은 한없이 아늑했다. 적당한 속도감. 이 정도면 만족하다 싶었다.

택시가 일정한 속도로 달리는 시간이 길어질 때면 꼭 아내의 생각이 끼어들었다. 아내가 옆에 타고 있다고 상상해보는 것이다. 아내는 자주 하품을 하면서 지루해했다. 산비탈에 아슬아슬하게 차를 대놓고 흙을 파는 포클레인 기사나 불길이 치솟는 현장을 걸어 들어가는 소방관이나 다시는 돌아올 수 없을 것 같은 벼랑 아래로 뛰어내리는 번지점프를 하는 사람들 이야기를 할 때나 생기가 돌았다.

아내가 떠난 뒤, 아니 정확하게 말하자면 연기처럼 사라져 버린 뒤 아무것도 할 수 없었다. 결국 회사를 그만두고 시작한 택시 기사 생활이 벌써 일 년이 지났다. 아내가 사라진 뒤 몇 달 동안은 실종 신고를 하고 처가나 친구들에게 아내의 소식을 수소문하며 찾아다녔다. 남편이란 사람이 간 데를 모르는데 우린들 어떻게 알겠나. 그들은 오히려 나를 힐난했다.

그 말이 틀리지는 않았다. 사실 아내가 사라진 뒤에야 아내에 대해서 전혀 아는 것이 없다는 사실을 깨달았다. 거짓말 같은 사실이었다. 아내가 두고 간 노트에 적힌 문장을 들여다보아도 아내를 알 수 없기는 마찬가지였다. 쓸 수 없을 만큼 닳아져서 버릴까 말까 망설이는 비누 조각. 창살이 하나 부러지거나 접힌 자국 때문에 들고 나갈 수 없게 된 우산. 빨아도 깨끗해지지 않는 수건. 끝없이 개미들이 드나드는 벽의 틈새. 그런 것이 아내에게는 집이었고 거기에서 살아가는 자신에 대한 비유였다.

모든 것이 제자리에 놓인 집으로 퇴근해서 단정하게 책상에 앉아서 공부하고 있는 딸을 보는 일이나 엘리베이터에서 맞닥뜨린 이웃에게 예의 바른 인상을 주면서 인사를 건네는 일이나 아침이면 운동복을 갈아입고 아파트 단지를 조깅하는 일이나 주말이면 아내와 딸과 함께 쇼핑카를 끌면서 일상용품을 사는 일들. 나로서는 더 이상 바랄 것 없는 아늑하고 평온한 아파트가 아내에게는 황폐하고 건조한 공간이었다니. 그런 아내를 도저히 이해할 수 없었다. 아내가 사라진 뒤 늘 아내가 쓴 문장들을 읽었다. 노트에 적힌 그 문장들 역시 이해할 수 없는 말뿐이었다.

내가 알고 있는 것이 알고 있는 것일까. 도대체 알고 있다는 것이, 사실이라 믿었던 것이 과연 사실이었을까. 다만 내가 경험한 그로부터 그를 짐작해보거나 기억해볼 뿐이다. 지금 그의 기분은 어떤지, 그는 무엇을 하고 싶은지, 그는 무엇이 즐겁고 무엇이 괴로운지, 알지 못한다. 말하자면 그의 어떤 고유한 것도 정확히 알고 있는 것이 없다. 그 사실을 아무렇지도 않게 받아들이기엔 그에게 가닿고 싶은 내 마음이 뜨겁다. 그를 유혹해서 그만의 고유한 특성을 손가락에 하나씩 하나씩 낱낱이 생생히 느끼고 싶다. 하지만 그는 내가 짐작하는 공간 혹은 짐작할 수 없는 공간에 있을 뿐이다. 그가 어디 있는지 '사실'을 알지 못한다.

아내의 '그'가 누구인지 알 수 없었다. 아내의 문장들은 하도 많이 읽어서 떠올리기만 하면 마치 한 알 한 알 꿰어진 구슬들처럼 줄줄이 따라 나왔다. 아내가 사라진 일 년 동안 아내가 남긴 문장들을 다 외워버린 셈이다. 일부러 외운 것이 아니라 그것이 아내가 남긴 전부였고 아내가 간 곳을 알아낼 유일한 단서였던 것이다.

비 탓인지 아니면 카오디오에서 들려오는 느리고 음울한 노래 탓인지 내 깊은 곳에 꾹꾹 눌러놓았던 아내에 대한 그리움이 치올라왔다. 그토록 경계했던 마음의 벽이 차츰 무너지면서 문득 여자에게 수작을 걸고 싶어졌다.

"천안 내리면 갈 데는 있어요?"

여자는 고개를 끄덕였다.

"거짓말!"

"네?"

"척 보면 알지. 그냥 무작정 가는 거겠죠."

무언가 캐낼 듯이 백미러로 여자의 눈을 들여다보았다. 여자는 고개를 돌리지 않은 채 시선을 맞받았다.

"수원이 집이라고 그랬죠? 그런데 집에 있는 누가 싫어요? 남편?"

"무슨 상관이죠?"

"때려요?"

내 목소리가 심판관처럼 준엄해졌다. 부드럽게 말하려고 해도 나무라는 말투가 되어 나왔다.

"왜 집에 들어가기 싫은지 한번 납득시켜봐요."

"내가 왜 그래야 되죠?"

"사실은 내 마누라도 도망가서 아직 안 돌아왔거든요. 그러니 어디 한번 들어보자고요. 도대체 왜들 그러는지. 뭘 원하는지, 무엇 때문인지."

"그만 하세요."

"말해줘야 내 마누라가 왜 멀리 가버렸는지 알 것 아닙니까. 당신도 내 마누라처럼 집에서 도망가려는 것 같은데."

"그럴 만한 이유가 있으니까 그랬겠죠."

여자가 쏘아붙였다. 그러더니 가방을 손에 움켜쥐었다. 그런 여자의 모습이 낯익었다. 늦은 밤 잦은 외출을 하던 아내의 모습과 닮았던 것이다. 아내가 밤에 전화해서 나가보면 아내는 어느 골목에 웅크리고 앉아 있었다. 그런 아내의 야윈 팔을 붙잡고 집으로 돌아가는 동안 아내는 이유도 말하지도 않고 그저 흐느꼈다.

그즈음 아내의 유일한 꿈은 어디론가 떠나는 것이었다.

아무도 가보지 않은 곳을 찾아 떠나고 싶다고 말했다. 그럴 때마다 아내의 말을 못 들은 척하면서 곧 있을 승진 시험 준비를 하거나 묵은 신문을 뒤적이거나 거실로 나가서 티브이를 켰다. 아내가 사라진 뒤 아내가 떠나고 싶다던 곳에 대해 처음으로 생각해보았다. 그곳이 어디였는지 알고 싶어서 아내가 쓴 문장을 수백 번이나 읽고 또 읽었다.

그가 '사실'의 남자가 아니라는 결론과는 상관없이 그는 늘 곁에 있었다. 그가 사실이 아니라는 사실과 그가 사실이라고 생각하며 살아온 현실과는 어떤 차이가 있는가. 지난 3년 동안 그는 늘 함께 있었다. 두 달에 한 번쯤 만나고 전화나 메일을 주고받았지만 두 달에 한 번 만나기 전과 두 달에 한 번 만난 이후의 모든 시간에 그는 더 생생히 내 곁에 있었다. 오히려 두 달 만에 한 번 그를 만나면 늘 그가 낯설었다. 만나지 않은 동안 그는 내게 가장 이상적인 남자였다. 막상 마주 대하면 늘 실망했다. 내가 만든 사실에 그를 맞추기 위해 더 열렬히 그의 얼굴을 보았고 단 한마디도 놓치지 않으려고 애쓰며 그의 모든 말소리에 귀를 기울였다.

아내는 남편인 나를 두고 늘 '그'라는 남자에게 목매달고 살았던 모양이었다. 그것은 충격을 넘어서 슬픔으로 다가왔다. 그 슬픔을 내 것으로 삼고 싶진 않았지만 소용없었다. 슬픔이 내 심장에 달라붙었다. 그 슬픔을 갈기갈기 찢어내고 싶었다. 그러기 위해서라도 아내를 꼭 만나야만 했다.

백미러 속의 여자가 아내의 얼굴과 겹쳐 보였다. 그 여자를 향해 가래처럼 목구멍에 끼어 있던 말을 결국 뱉어내고 말았다.

"결혼한 여자가 무작정 집을 나가도 괜찮아요?"

"이유가 있겠죠."

"그 이유를 모르겠으니 환장할 노릇이죠."

"같이 살던 아낸데 그 이유를 몰라요?"

"이유가 있었다면 나한테 우선 말을 했어야지 그냥 나가버리면 아무것도 모른 난 뭐가 되는 겁니까?"

"그동안 수없이 이유를 말했겠죠."

"아니 전혀 들은 바 없어."

나도 모르게 반말이 튀어나왔다.

"못 알아들었겠죠. 아니면 그저 무심히 흘려들었거나."

나는 고개를 저으며 여자의 말을 단호히 부정했다.

그때 비 오는 차장 밖의 빗줄기 속에서 아내가 하던 말이 들려왔다. 생활이 모자라는 거예요. 나는 이번에는 아내를 향해 머리를 저었다. 왜 생활이 모자란다는 건가? 모든 것이 부족하지 않았다. 작은 평수지만 아파트가 있고 퇴근 시간이면 한눈팔지 않고 집에 들어가는 남편이 있고 꼬박꼬박 월급이 아내의 통장에 송금되지 않았던가. 딸아이도 자기의 일은 알아서 할 만큼 똑똑했다. 모자라는 것이 무엇인지 모르지만 그런 것이 있었다면 그것은 순전히 아내 탓이었을 것이다.

분명 아내는 남들과 달랐다. 우선 아내는 무엇이든 집안에 사들여 놓기를 싫어했다. 이것을 어떻게 다 처분하려는 거냐고 물었다. 심지어 작은 장식품 하나 사오는 것도 질색했다. 그런 아내에게 나는 화를 냈다.

　당신에게 생활이 모자라는 것이 아니라 당신이 생활 안으로 들어오려 하지 않고 있는 거야. 눈에 보이지 않는 허깨비 같은 것을 잡지 못해서 안달이지. 도대체 눈에 보이지 않는 것을 잡는다는 것이 무슨 의미란 말인가. 생활이 소중하지 않다면 허상인 무엇이 소중하단 말인가. 나는 수없이 물었다.

　아내가 쓴 것에 의하면 아내가 말하는 '그'를 만난 것은 인문학 강좌에서였다고 했다. '그'는 흰 얼굴에 표준 체격이고 모든 면에서 평범하다고 했다. 강좌가 끝난 뒤 자주 어울렸고 어느 날 '그'와 함께 아내는 밤을 샌 것이 분명했다. 일기에 어느 한 단락이 새까맣게 지워져 있었다. 지워진 다음 단락에 아내는 썼다.

　—······ 그런 뒤 그와 시작되었다.

　아내는 그를 만난 뒤 혼자 선운사에 다녀왔다라고 썼다.

　—선운사에 가면 그곳이 선운사라는 것을 잊어야 한다. 그곳에서 볼 수 있는 것을 본다. 개천과 뒤뜰의 만개한 동백꽃과 그곳을 지나 끝없이 이어진 산길을 걸은 끝에 도달한 동굴을 볼 뿐이다. 그곳에 있는 동안 선운사에 온 것을 잊듯이 그

곳에서는 그를 잊을 수 있었다.

라고 썼다.

　차장 밖의 아내에게서 나는 여자 손님에게로 눈길을 돌렸다.

　"남편 얘기 좀 해주세요."

　여자는 대꾸하지 않았다.

　"어차피 택시에서 내리면 나하고 또 볼일이 있는 것도 아니잖아요. 나한테 속사정 다 털어놓고 마음이라도 후련해지는 게 낫죠."

　"……"

　"어서요."

　"사실, 그이가 좀 아파요. 사업에 실패하자 우울증에 걸렸어요. 건강 염려증 환자에서 지금은 나마저 자기를 버리면 끝장이라고 말해요. 의무적으로 남편을 대하는 일에 지쳤어요. 책임을 다하지만 가끔 소리 지르고 뛰쳐나가고 싶을 때도 많아요. 내 마음은 그런데 남편은 섹스를 하자고 밤새 조르기나 하죠. 난 하도 참고 살아서 내 피도 멍든 것처럼 푸르죽죽할 거예요."

　여자는 오래 앓아온 병을 의사에게 털어놓듯 힘겹게 속엣말을 토해냈다. 그리고는 흡사 오르막길을 오르느라 숨이 가빠졌을 때처럼 한동안 숨을 골랐다.

　"그게 전붑니까? 속사정이 더 있을 것 같은데."

"물론 다는 아니죠."

여자는 혀로 입술을 적셨다.

"그럴 줄 알았다니까. 딱 보니까 남편 말고 애인이 있을 것 같은데?"

"애인이요?"

"척 보면 안다니까. 어차피 시작한 이야기고 갈 길은 머니까 마저 털어내봐요."

나는 택시의 속도를 서서히 줄였다.

"그래요. 말 못할 건 없죠. 좋아했던 사람이 있었으니까요."

"호오, 그럼 불륜이겠구먼."

"그 사람하고 오늘 헤어졌어요."

"그래서 그렇게 취한 거고?"

"퇴근하느라 건물 로비를 나섰을 때였죠. 무작정 걸었죠. 거리에는 젊은 사람들의 활기가 쇼윈도의 조명처럼 휘황찬란하더군요. 그런데 나만 안개가 자욱한 서해안 갯벌을 디디고 있는 심정이었어요. 혹시 서해안의 안개 속에 들어가본 적 있어요? 한 치 앞을 볼 수 없는 안개 속에요. 거기 한번 들어가면 방향을 잡을 수 없죠. 내게 남아 있는 소중한 것이 그 안개 속에 흩어지고 있는 것 같았어요."

문득 내 마음의 경계가 무너져 내리는 소리가 들려오기 시작했다. 나는 지금 위험한 상태에 빠져들고 있다는 것을 느꼈다. 여자의 말을 듣는 동안 여자를 목 졸라 죽이고 싶은 충동을 느꼈다. 그런 나를 두려워하고 있는 것은 나 자신이었다.

여자의 이야기를 듣는 동안 내 기억 속에 새겨진 아내의 글이 생생하게 되살아났다. 깨알 같은 글씨로 여행지와 여행안내 경비와 교통편들이 적힌 노트가 눈에 보이는 듯했다. 아내가 노트에 적어놓은 날짜들은 사오 년 후의 날짜들이었다. 그때 아내는 누구와 여행을 떠날 계획을 세웠던 것일까? 소축척지도. 대축척지도. 평면지도. 남아공. 케냐. 동남부 아프리카. 넓은 들판과 구름과 덤불과 황톳빛 흙. 사하라 사막의 모래 언덕에 떠오르는 태양. 850만 킬로미터. 아내가 메모한 문장들은 뒤죽박죽 섞여 있었다. 나는 차장 밖 빗줄기 속에 펼쳐지는 아내의 문장을 애써 외면했다.

"부탁 하나 합시다."

"부탁이요?"

"지금이라도 늦지 않았으니 집에 들어가요. 손님만 좋다면 기꺼이 집에까지 모셔다 줄 테니까. 집이 수원이라고 했죠?"

"다시는 돌아가고 싶지 않아요."

"그러면 내가 화가 나서 못 참지. 가령 그쪽을 어떻게 할지도 모르고 말이오."

내뱉은 말이 만족스러워서 자칫 웃음이 터지려는 것을 억지로 참았다. 잔뜩 주눅 들어 웅크리는 여자를 보자 도망간

주황색 불빛 | **135**

아내를 한 대 때려준 것 같은 쾌감이 느껴졌다.

"날 어떻게 한다고요?"

"그쪽 말대로라면 나도 말미잘일지 모르거든. 갑자기 택시에 태웠듯이 어디든 마음대로 데려다놓고 가버릴지 모르지."

여자는 눈을 동그랗게 뜨고 있었다. 그 모습을 보자 소리 내어 웃고 말았다. 약간 과장이 느껴지는 웃음이었다. 여자는 소름이 돋는지 팔을 손으로 쓱쓱 문질렀다.

차량들의 흐름을 앞질러 가며 과속으로 추월을 일삼았다. 제목을 알 수 없는 노래가 검은 아스팔트 위를 달리는 택시처럼 나와 여자 사이를 흘러다녔다.

하지만 아내의 문장에 붙들린 이후부터 줄곧 핸들을 쥔 손이 떨리는 느낌이었다. 음악 소리를 한껏 높였다. 그러자 문득 아내를 만나고 싶다는 생각이 갈증처럼 가슴 가득히 차올랐다. 지그시 아랫입술을 물었다. 언젠가 아내가 손님처럼 내 차에 탈 날도 있을 것이다. 그날이 올 때까지 때로는 차에서 잠을 자고 빵을 사서 먹고 잠시 밖에 서서 용변을 해결하며 그렇게 차에서 벗어나지 않을 것이다. 아내가 내 택시에 올라타서 어디론가 이동해달라고 하는 날까지 애오라지 택시와 한몸으로 지낼 것이다.

그렇게 아내를 찾는 동안 줄곧 나 자신에게 묻게 될 것이다. 내가 뭘 잘못했는지, 뭐가 잘못되었는지. 적어도 최선을 다해서 살았다. 회사는 물론 가정에서 한눈 한 번 팔지 않고 성실히 살아왔다. 야간 대학원을 다니며 박사 과정을 준비하고 회사를 그만두면 연구원으로 취직할 준비도 하고 있었다. 그러는 동안 아내에게 무슨 일이 있었던 것인가. 마침내 아내가 내 택시에 타면 꼭 물어볼 작정이다.

'어때? 내 택시에 올라탄 기분이? 주황색 불빛 너머 세상은 어땠어? 좋았어?'

수없이 허공을 향해 아내에게 물었던 말이었다. 그때마다 대답처럼 아내의 문장이 떠올랐다.

오늘은 화이트데이. 지난 3년 동안 그는 늘 선물을 들고 나를 만나러 왔다. 두 달 동안 그에게 소식이 끊겼어도 그런대로 하던 일에 집중할 수 있었던 것은 달력에 표시된 3월 14일을 믿었던 탓이다. 어떤 일이 있어도 그날을 기념하기 위해 그가 전화를 걸어올 것이라고 완벽하게 믿었다. 저녁 여덟시가 넘었다. 그에게는 아직 아무런 연락이 없다. 조금 뒤면 남편이 돌아올 것이고 그에 대한 기다림을 거둬들일 시간이다. 가끔 창문을 열고 밖을 내다본다. 겨울을 지낸 마른 나뭇잎이 바람에 구르는 소리를 내며 어디론가 미끄러져 간다. 누렇게 변색되어 밟으면 단박에 으스러질 낙엽이 바람에 밀리면서 밀려가는 소리를 내지른다. 문을 열고 내다본다. 보이는 것은 언제라도 비가 쏟아질 것 같은 하늘과 뜰의 구석으로 밀려다니는 낙엽뿐이다. 그가 없다면 나는 있는

것인가. 나는 경험하고 생각하기 때문에 나와 세계는 같고 나의 세계
는 유일하다. 나는 그를 확실히 경험하고 알기 위해서 그를 찾아가거
나 그와 만나자고 먼저 연락해야 할 것인가.

아내가 남긴 문장은 아무래도 이해할 수 없었다. 아내를 생
각하는 동안 계기판의 눈금이 160을 치달아가고 있었다.

"천천히 달려요."

여자가 겁에 질린 목소리로 말했다. 나는 속도를 서서히 줄
였다.

"이럴 거면 차라리 내려줘요."

나는 느물거리는 웃음을 흘리며 천천히 고개를 저었다.

"어디로 가고 싶다고 해도 결국 택시에서 내려야 될 걸요
뭘."

내가 뱉은 말에 문득 목이 메어왔다.

"새벽에 택시에서 내린다는 건 다시 현실로 걸어 들어가 또
하루를 살아야 한다는 겁니다. 댁도 지금은 어디로 도망가는
것 같아도 결국 제자리로 돌아가서 살았던 것처럼 또 살아야
하겠죠. 누구나 탔으면 내리기 마련이니까 재촉하지 말아요."

목소리가 점점 더 가라앉았다.

"난폭 운전이라고요. 지금."

"이게 겁나요? 이런 것도 겁나면서 어딜 가겠다고 설쳐요?"

여자는 속엣것이 올라올 것 같다면서 손으로 입을 틀어막았다.

나는 고속도로 옆에 마련된 간이정류장으로 택시를 몰았다. 그리고 무성한 숲 그늘 아래 차를 세웠다. 택시에서 내리자마자 여자는 구부려 앉아 왝왝댔다. 그런 여자를 두고 나는 어둠 속으로 걸어 들어가서 오줌을 누었다. 오줌 줄기가 뻗어나가는 동안에 몸이 흡사 유령처럼 흔들리는 것 같았다.

택시를 세운 곳으로 돌아왔을 때 여자는 속엣 것을 다 토해내고 있었다. 그런 여자의 몸을 어둠이 통째로 지워버릴 것만 같았다. 가만히 여자의 등을 두들겨주었다. 여자의 등은 하도 말라서 뼈마디 마디가 다 만져지는 느낌이었다. 여자는 내 손길에 등을 맡긴 채 어둠 속에서 오랫동안 속엣것을 토해내었다. 여자의 등을 두드리는 동안 아내의 노트에서 읽었던 글이, 아내가 내 옆에서 이야기를 들려주듯 생생히 들려왔다.

두 달 만에 그가 전화를 했다. 떠나자고 했다. 그동안 왜 연락을 끊었는지 묻지 않았다. 전화기 속에 그가 다시 들어왔고 그가 사실처럼 느껴졌기 때문에 다른 어떤 것에도 주목하지 않고 그의 목소리를 열렬히 들었다. 처음에는 목소리를 듣다가 목소리의 내용을 듣고 그 내용 속에 담긴 그의 마음까지 읽어내려고 발버둥치다가 전화를 끊었다. 그가 가자는 곳은 어디인가. 그는 그곳이 어딘지 구체적으로 말하지 않고 오지라고만 했다. 그때는 농담처럼 흘러들었다. 갈 수 없는 상황들. 남편, 아이, 현실의 여러 장애들. 심지어 꿈 해석 수업이 매주 월요일 아침 열시에 열리는데 결석하는 일까지, 현실의 가지에 포도송이처럼 못 갈 이유가 주렁주렁 달렸다. 왜 하필 오지인지, 왜 지금인지, 왜 갑자기 떠나자고 하는지, 다녀온 뒤 후유증을 어떻게 할지, 불안과 두려움이 밀려들었다. 그런데 아침에 예기치 않은 일이 발생했다. 깊은 잠에서 깬 아침에 말끔히 내 불안이 가셔져 있었다. 너무도 이상할 만큼 깨끗이 지워진 불안과 두려움이 오히려 당황스러웠다. 파멸을 알면서도 운명에 맡기겠다. 위험과 모험과 절대적인 상황에 나를 밀어넣겠다.

아내의 문장이 떠오르자 문득 여자를 내 손으로 바스러뜨리고 싶다는 욕구가 일었다. 남자와 함께 오지로 떠나겠다는 것이 분명했다. 그러자 여자를 더 이상 방황할 기력도 없도록 망가뜨려놓고 싶다는 분노를 다스리기 어려웠다. 그런 감정이 전율처럼 내 몸을 떨게 만들었다. 여자는 이제 더 이상의 토악질도 없이 잠자코 땅바닥을 내려다본 채 몸을 움직이지 않고 있었다. 등을 두드리던 손으로 여자의 얼굴을 만졌다. 여자는 얼굴이 온통 젖어 있었다. 여자는 피하지도 않은 채 무방비였다. 그러자 그 무방비가 참을 수 없었다.

여자를 질질 끌다시피 데려와 택시 뒷좌석에 앉히고 나도 그 옆에 앉았다. 음악은 여전히 택시 안을 휘젓고 있었다. 비음 섞인 가수의 노래가 완벽하게 비현실적인 공간을 만들어 내는 중이었다. 여자는 두려운 듯 떨면서 숨을 몰아쉬었다.

"너처럼 엄살떠는 년들을 보면 참을 수 없어. 찌르고 싶어서 자꾸 뻣뻣이 선다고."

내 말에 여자는 자포자기 상태에서 몸을 한번 꿈틀거렸다. 그게 소위 여자의 저항인 모양이었다. 지금 이 순간에도 여자의 관심은 자신을 겁탈하려는 내가 아닌 듯했다. 나는 어쩔 수 없이 여자의 그런 표정에서 아내를 발견해냈다.

낯선 남자를 마주 대한 듯 밀어내다가 돌아눕다가 그러다가 가사 상태에 빠진 생물체처럼 내게 몸을 내맡기던 아내. 텅 빈 듯한 눈으로 허공을 쳐다보고 있던 침대 위에서의 아내. 좀처럼 호응해오지 않던 그 몸짓. 그런 아내가 떠오르자 나는 그 순간 영원히 아내를 못 만날지도 모른다는 생각이 들었다. 그러자 온몸에 힘이 다 빠져버렸다.

결국 내가 한 일이란 나 자신의 분노를 다스리듯 머릿속을 어지럽히는 욕구를 억지로 누르면서 운전석으로 돌아와 앉아서 차에 시동을 거는 일뿐이었다. 여자 역시 두 손을 머리카락 속에 넣고 고개를 숙인 채 마치 조금 전의 일조차 아득히 잊은 듯했다.

일정한 속도로 고속도로를 달리는 동안 아내가 사라진 뒤 내가 살았던 현실이란 게 무엇이었는지 알 수 없다는 생각이 들었다. 지난 일 년 내내 허공을 딛는 기분이었다. 아침에는 햇살을 타고 다니고 저녁이면 어둠을 타고 다니고 비 오는 날이면 빗물을 타고 다녔다. 그러면서 수많은 상념들을 거느리는 것이 일상이 된 것이다. 이건 분명 내가 알고 있던 현실이 아니었다.

아내가 부재한 뒤에야 그토록 견고하다고 확신했던 내 현실이 비누 거품처럼 어이없이 사라져버렸다는 생각이 들었다. 도대체 내가 알고 있던 현실들은 어디로 간 것일까? 딸을 어머니에게 맡긴 뒤 전화통화조차 언제 했는지 기억나지 않았다. 다만 택시를 몰고 하루 종일 아내를 찾아 두리번대고 다녔다. 어디에 있는지도 모르는 아내를. 다시 내게로 돌아올지 알 수 없는 아내를 말이다. 사람들이 비웃고 말려도 다른 것은 아무런 의미도 없는 하찮은 것으로만 여겨졌다. 이것이 과연 내 현실일까? 그렇다면 아내가 찾아 나선 것 역시 아내로서는 어쩔 수 없을 만큼 절박한 일이었을까.

문득 아내가 좋아하던 한강의 야경이 떠올랐다. 그 주황색 불빛에 아내는 탄성을 지르곤 했다. 그때마다 나는 아내에게 말해주었다. 주황색 불빛이 살얼음처럼 얹혀 있잖아. 살얼음이란 쉽게 사라지고 더군다나 밟으면 위험한 거야. 아내는 내 말을 귀담아듣지 않았다. 오히려 아내는 지금 다시 그 주황색 불빛에 홀려서 가버린 것이다. 나는 한강 다리를 건너고 싶어졌다. 지금 가보면 주황색 불빛 같은 건 없을 것이다. 그저 더러운 물이 흐르고 있을 것이다. 하지만 아내는 결코 그것을 이해하지 못할 것이다. 그리고 그것이 현실이라고 받아들이려 하지 않을 것이다.

나는 아내가 수첩에 남긴 마지막 문장을 떠올렸다. 지금도 이해하지 못한 마지막 문장이었다.

잠시의 유혹. 그 유혹은 마치 전혀 새로운 세상으로 밀어낼 쪽배 위에 나를 태운 뒤 힘껏 밀어줄 듯하다. 아니라면 나는 앞으로 살아야 할 마흔의 물결에 잔잔히 떠 있다가 어느 순간 스르르 그 수면 아래로 가라앉게 될 것만 같다. 가라앉는 것보다 잠시의 유혹과 손을 잡는다. 그뿐 다른 이유는 없다.

하지만 처음부터 내게 그는 없었다.

이제 내 손으로 선반에 올려둔 운동화와 모자를 내려야 할 시간.

"수원, 다 왔어요."

"예? 수원? 천안에 데려다 달라고 했잖아요."

"이제 다신 도망칠 생각하지 말아요."

누이를 타이르듯 제법 친근하고도 낮은 목소리로 말했다.

"당신 뭐야? 이건 도망이 아냐!"

여자가 소리쳤다.

"이건 도망이 아니란 말이야. 이런 식이니까 당신 마누라도 가버렸겠지. 당신이 뭘 알아? 당신이 알고 있는 것이 세상의 전부야?"

소리를 지르던 여자가 울음을 터뜨렸다. 아내가 느닷없이 터뜨리던 울음도 저런 의미였을까? 나는 또 아내를 헤아리는 마음이 되었다.

그러자 나의 입술이 한곳으로 일그러졌다. 그러더니 전혀 예기치 않았던 웃음이 터져 나왔다. 내가 듣기에도 오싹한 웃음소리였다. 눈 밑의 기미가 드러나고 앙상한 뼈만 드러나 보이는 창백한 내 얼굴이 백미러에 비쳤다. 그 얼굴을 나는 외면했다.

울음이 그치자 여자는 가방에서 꺼낸 돈을 던져주고 택시에서 말없이 내려섰다. 처음 택시에 타던 때처럼 여자는 축 늘어져 보였다. 여자는 있는 힘을 다해 택시 문을 닫았다. 여자가 던진 돈을 하나씩 천천히 주웠다. 그런 뒤 음악 소리를 높였다. 음악이 택시를 뒤흔들 듯 요란하게 터져 나왔다. 핸들을 잡고 차를 움직였다.

다시 어느 방향으로 차를 돌려야 할까?

멀리서 택시 한 대가 달려오고 여자가 또 다른 택시를 향해 손 흔들며 달려가고 있었다.

꺼
져,

괴
물

지우는 문 열리는 소리에 눈을 뜬다. 문짝의 니은자 모서리가 움직이자 컴컴하던 방안으로 거실의 불빛이 스며든다. 그 불빛처럼 은밀하게 한 사내가 방으로 들어선다. 지우는 벽 쪽으로 벌레처럼 들러붙으며 한쪽 무릎을 세워 도망칠 자세를 한다. 사내가 지우의 두 손을 잡아서 등뒤로 젖힌다. 딸깍 소리와 함께 방안이 환해진다. 지우가 내지른 비명이 불빛에 하얗게 질린다. 사내가 입은 흰 가운에서 소독약 냄새가 진동한다. 지우는 몸을 비틀며 사내에게서 손을 빼내려고 버둥거린다. 저항이 거셀수록 사내는 더욱 지우를 옥죈다.

"병원차를 불렀어. 큰아빠가."

문 앞에 서 있던 형이 말한다. 형의 옆에는 큰아빠가 지우를 내려다보고 있다. 그들을 보자 지우는 또 몸이 가렵다. 사내의 손에 붙들려서 몸을 긁을 수가 없다. 하긴 손이 자유롭다고 해도 긁을 수 없기는 마찬가지다. 그동안 하도 긁어서 곪아버린 종기가 등부터 손등까지 덮어버린 지 오래다.

"화장실 가고 싶어요. 금방 쌀 거 같아요."

지우는 얼굴을 찌푸리며 울상을 짓는다. 큰아빠가 미간을 좁히더니 사내에게 눈짓을 보낸다. 사내가 지우의 손을 느슨하게 풀어준다. 지우는 방에서 뛰쳐나가서 화장실로 가는 척하다가 작은방으로 도망친다. 지우는 방문을 굳게 잠근다. 저놈은 저그예요. 괴물 같은 놈. 아빠 앞에서 형이 그렇게 말한 날부터 지우는 방 열쇠와 보조 열쇠까지 챙겨두었다. 언제 형이 내쫓을지 모른다는 생각에 불안했던 것이다. 지우는 방문에 귀를 바짝 들이대고 바깥 동정을 살핀다.

"문을 부숴요. 아니면 열쇠공을 부르든가."

"그렇게까지 해서 입원시킬 수는 없어."

"아휴, 말도 마세요. 하루 종일 컴퓨터 앞에만 붙어 있다가 밤이면 내 침대에 올라와서는 자꾸 말을 하라는 거예요."

"무슨 말?"

"무슨 말이든 하라니까 미치겠죠."

형이 고자질을 늘어놓는다. 하루 종일 먹지도 않고 학교에도 안 가요. 같이 있다가는 나까지 돌 거예요. 심지어 밤에 침대로 와서 내 목을 조른 적도 있다니까요. 숨이 막혀 죽는 줄 알았어요. 빨리 병원에 입원시켜야지, 안 그랬다가는 저놈이 언제 큰일 낼지 몰라요. 그래도 저렇게 병원에 가기 싫어하니…… 며칠이라도 더 지켜보자. 아직 경찰도 들락거리고 어수선하잖니. 큰아빠의 목소리가 형이 말하는 사이에 끼어든다.

쾅쾅, 다시 문 두드리는 소리.

"제발 내일부터라도 학교에 가라. 또 결석하면 안 돼!"

큰아빠가 소리친다. 지우는 대답 대신 차가운 벽에 기대어 앉는다.

*

몇 시나 됐을까.

창에 드리운 두꺼운 커튼 탓에 시간을 알 수 없다. 거리를 헤매다니다가 아파트로 돌아온 날이 떠오른다. 그때가 밤이었는지 새벽이었는지 알 수 없다. 혼자 자취하다가 며칠째 사라진 친구의 빈방에서 게임을 했다. 그곳에서 컵라면을 서너 번 먹은 기억이 나는 걸 보면 이삼일은 있었던 것 같다. 초인종을 누르자 문을 열어준 것은 뜻밖에도 경찰이었다. 경찰은 수첩을 들고 지우의 위아래를 훑어보았다.

이 집 둘째 아들이에요. 큰아빠가 경찰 옆으로 다가오며 지우를 소개했다. 지금까지 어디 있었니? 경찰이 묻는 말에 지우는 친구 집에 있었다고 대답했다. 어제도 그제도 거기 있었니? 경찰이 물었고 지우는 고개를 끄덕였다. 열세 살인데 덩치가 아주 작네요. 경찰이 말했다. 이제 중학생이니까요. 큰 아빠의 말에 경찰은 수첩을 덮었다.

아빠가 돌아가셨어. 경찰이 나가기가 무섭게 형이 말했다. 형, 뭐라고? 지우는 형에게 묻고 또 물었다. 지우가 집을 비운 동안 아빠가 돌아가셨다는 것이다. 보석 디자인을 하던 아빠가 교통사고를 당했다니. 매사에 꼼꼼한 완벽주의자였던 아빠…… 지우는 거짓말이라고 고개를 저었다.

큰아빠가 지우에게 상복을 내밀었다. 지우는 소리 내어 울지도 못했다. 아니, 슬퍼해선 안 될 것 같았다. 아빠가 그토록 자신을 미워했는데 아빠를 위해 눈물을 흘린다면 저 세상에서 아빠는 얼마나 미안할 것인가.

지우는 그날의 기억을 털어내듯 머리를 흔든다.

일어나서 방문을 조금 열고 거실을 내다본다. 항상 그렇듯이 아무도 없다. 주방으로 나가서 식탁에 앉는다. 파출부가 만들어놓은 샌드위치를 먹는다. 빵이 목구멍으로 잘 넘어가지 않는다. 겉이 다 말라서 딱딱해진 빵을 하루이틀 먹은 것이 아니다. 아빠가 돌아가신 다음부터는 어떤 음식도 잘 삼킬 수 없다. 속이 답답하고 늘 체한 것 같다.

지우는 질겅질겅 빵을 씹으며 천장에 매달린 감시 카메라를 본다. 경찰이 수사를 위해서 설치한 것일까. 아니면 큰아빠가 지우의 행동을 찍어서 의사에게 보이려고 달아놓은 것일까. 지우는 감시 카메라를 떼어내려고 식탁 위에 올라선다. 발돋움하다가 미끄러져서 샐러드 접시를 발로 차고 만다. 마요네즈에 범벅되어 있던 야채들이 이리저리 흩어진다.

경찰차가 오는지 사이렌 소리가 요란하다. 지우는 베란다 밖으로 나가서 아파트 단지를 내려다본다. 경찰차 같은 것은 보이지 않는다. 그런데도 늘 사이렌 소리가 들려오는 것은 왜일까. 병원차나 경찰차가 언제든 들이닥쳐서 자신을 붙잡아 갈 것 같다. 지우는 두 손으로 귀를 막는다. 그럴수록 사이렌 소리가 더 요란하게 들려온다.

*

지우는 옷을 입고 아파트에서 나온다. 불안할 때마다 신축 중인 건물로 가서 숨으면 늘 마음이 편했다. 사실 그곳으로 가는 가장 큰 이유는 그곳에서 엄마를 만날 수 있기 때문이다.

지우는 신축 건물 앞에 멈춰 선다. 언제든 지우를 숨겨주던 신축 건물이 이제 거의 완성되고 있다. 창을 낼 네모 반듯한 구멍마다 창틀이 끼워졌다. 도색을 하고 창을 달면 건물 외관은 완전히 달라질 것이다. 그날이 천천히 오면 좋겠다고 지우는 생각한다. 창이 끼워지지 않은 네모난 구멍으로 들어선다. 공터같이 널찍하고 황량한 건물 안에 들어서자 어둠이 가득하다. 어둠이 지우의 몸을 빠르게 빨아들인다. 지우는 공연히 건물 안에서 돌아다닌다. 바닥에 뒹구는 목재나 철근이 발에 채기도 하고 석회와 모래에 발이 빠져 넘어지기도 한다.

지우는 늘 하던 대로 구석진 곳에 웅크리고 앉아서 눈을 지그시 감는다. 두 손을 모으고 한참 있으면 엄마의 얼굴이 떠오른다. 엄마가 랜턴 불빛을 밝히며 들어오고 지우는 엄마에게 손을 내민다. 엄마의 손을 잡으면 황홀할 정도로 온몸이 따뜻해지는 것이다.

그 순간을 깨뜨리는 것은 늘 아빠다. 아빠는 적군처럼 그에게로 돌진한다. 지우는 엄마를 안아서 건물 첨탑 안에 숨겨둔다. 지우의 얼굴 바로 앞에까지 아빠가 다가온다. 가까이에서 봐도 아빠의 얼굴은 흐릿하게 보인다. 한 번도 아빠와 마주앉아서 눈을 보면서 이야기를 나눈 기억이 없어서 그런 것일까. 무지하게 큰아빠의 주먹이 지우의 기억에 더 선명하게 떠오른다.

아빠가 주먹을 휘두른 이유를 지우는 알지 못한다. 굳이 이유를 들라면 밤마다 지우의 배가 아팠다는 것밖에는. 이상하게도 아빠 방으로 엄마가 들어간 한밤중이면 지우는 꼭 배가

아팠다. 아빠의 집으로 들어오기 전에는 한 번도 없던 증상이
었다. 배가 아프다고 한밤중에 문을 두드리면 엄마는 가스활
명수를 내주었다. 그것을 마시고 방에 들어가도 배가 점점 더
아팠다. 몇 번 방문을 열고 나오던 엄마를 거칠게 밀쳐내며
아빠가 화를 냈다. 그런 뒤 지우를 번쩍 안아 들고 에어컨 실
외기 위에 올려놓았다.

꼼짝도 하지 마. 말 안 들으면 어떻게 되는지 알지? 지우
는 아래로 떨어질 것만 같아서 고개를 끄덕이지도 못했다. 조
금만 발을 헛디뎌도 추락할 듯 아슬아슬했다. 그곳에 서서 한
일이란 아빠와 대적해서 이기는 방법을 궁리하는 것이었다.
아빠를 건물의 모서리까지 유인한다. 그런 뒤 모서리에 서 있
다가 아빠가 주먹을 날리는 순간 몸을 슬쩍 옆으로 비킬 것이
다. 그러면 아빠는 모서리 아래로 떨어져서 산산조각 나겠지.

해피가 신축 건물의 구석진 곳에서 웅크린 채 지우를 보며
울어댄다. 해피는 아빠가 자식처럼 귀여워하던 고양이다. 노
르웨이 숲이란 그럴듯한 이름을 가진 품종이다. 북유럽 산인
데 아빠는 화이트와 블랙이 잘 섞인 해피의 털을 브러시로 늘
빗어주었다. 아빠의 장례식이 끝난 뒤 지우는 해피를 공원에
몰래 내다 버렸다. 해피는 아빠에 대한 나쁜 기억을 자꾸 불
러일으켰기 때문이다.

버려진 뒤 해피는 얼마나 처량한 신세로 떠돌아다닌 것인

지 몸에서 생선 썩은 냄새가 진동했다. 아빠가 목에 매달아놓은 분홍색 나비 리본은 한쪽 끝이 낡아서 너덜너덜하다. 건물 안으로 겨울을 재촉하는 비가 들이치며 주황색 가로등 불빛에 둘러싸인 해피와 지우를 적신다. 옆에 슬쩍 다가온 해피가 지우의 주위를 맴돈다. 그러다가 해피의 몸이 지우의 팔뚝에 스친다. 살갗은 차갑고 털은 축축하다.

지우가 아파트로 돌아오는 동안 해피는 계속 따라온다. 영리해서 지우보다 한발 앞서 걷는다. 현관문을 열자마자 쏜살같이 거실 안으로 들어간다.

*

지우는 텅 빈 거실에서 온종일 게임에 몰두한다. 번번이 지우는 저그를 선택한다. good game. 게임 중간에 졌다는 신호를 보낸다. 언제든 끝낼 수 있어서 지우는 게임을 좋아한다. 게임은 언제든 처음으로 다시 갈 수도 있다. 아무리 패배해도 복구된다. 아무나 죽여도 되살아난다. 지우의 병력도 마음만 먹으면 다시 막강하게 채워진다. 지우는 쉽게 강해질 수 있다.

컴퓨터 화면이 뜨기 전 모니터에 비친 얼굴을 보면 빗질하지 않은 머리카락이 멋대로 뻗쳐 있어서 그야말로 미친놈 같다. 일주일 동안 계속 잠을 못 자고 컵라면 먹은 것을 열 개쯤

쌓아놓은 적도 있었다. 심지어 화장실 가는 시간도 아까워서 컵라면 빈 용기에 소변을 해결하기도 했다.

승부가 엎치락뒤치락할 때 아빠가 간섭을 해오면 참을 수 없었다. 지우는 야구방망이를 들고 컴퓨터 옆에 있던 장식장 유리를 부순 적도 있었다. 아빠는 뒷걸음쳐서 현관을 나갔고 사흘 동안 집에 들어오지 않았다.

언제부턴가 지우에게는 게임과 현실이 구분되지 않았다.

아빠와 형, 학교 선생님과 친구들까지 게임 속의 인물들과 뒤섞였다. 화가 나면 그들을 제거했고 기분이 좋으면 그들을 되살려서 데리고 놀 수도 있었다. 게임 속 인물로 그들을 만나는 순간에만 지우는 간신히 존재했다. 그들과 게임을 벌이는 중이라고 생각하면 그 모든 상황은 참을 만한 것이 되었다. 게임에서는 언제든 그들을 만났고 사랑받거나 사랑할 수도 있었다.

모니터 하단에 찍힌 시간을 보자 지우의 가슴이 두근댄다. 형이 퇴근할 시간이다. 현관 입구에 인공 분수가 있지만 형은 잠시라도 그곳에 머문 적이 없다. 형이 현관 안으로 들어오는 소리가 난다. 형은 아빠가 돌아가신 뒤 다니던 고등학교를 그만두고 곧바로 아빠가 운영하던 보석 상가로 출근했다. 그곳에서 형은 보석 가공 일부터 시작해서 영업까지 하나씩 배워가고 있다고 큰아빠가 말하는 것을 들은 적이 있었다.

형은 식탁으로 가더니 샌드위치와 콜라를 마신다. 지우가 다가섰지만 상관하지 않고 콜라를 마저 마신다. 지우는 주머니에 두 손을 찔러 넣고 고개를 숙인다. 손가락에 모서리가 나달해진 사진이 잡힌다. 지우는 사진을 꺼내 들여다본다. 엄마와 아빠, 형과 지우가 진홍빛 철쭉이 만개한 공원에서 찍은 사진이다. 형은 사진과 지우를 번갈아 보더니 미간을 찌푸린다. 왜? 형이 빨리 꺼지라는 듯 말한다. 형은 손가락을 코에 들이대고 냄새를 맡는다. 그것은 오래된 형의 습관이다.

"아빤 왜 죽은 것 같아?"

"또 시작이야, 교통사고라잖아. 아빠가 길을 건너는데 뺑소니 차가 치고 달아났다고 했잖아. 그리고 아빠가 왜 죽었느냐보다 더 중요한 건 죽고 없다는 사실이야."

"자살이라고 사람들이 수군거리는 소릴 들었어."

"누가 자살을 뺑소니 차에 치여서 하니? 정신 좀 차려."

"그렇다면 누가 죽인 건 아닐까? 경찰이 자꾸 드나드는 걸 보면 수상하잖아."

형의 얼굴이 일그러진다. 자살이나, 사고가 아니라…… 그게 아니라 어쩌면……

그때 초인종 소리가 난다. 형이 문을 열어주자 형 친구들이 지우를 힐끗대며 거실로 들어온다. 언제나 이 모양이지, 누군가가 찾아오거나 누군가를 찾아 형이 나가거나…… 지우는 거실 안으로 들어오는 사람을 노려보며 생각한다.

이제 지우가 할 수 있는 일이란 거실에 있는 컴퓨터를 켜고 게임을 시작하는 일이다. 형 친구들이 소파에 걸터앉거나 지우의 주위에 어슬렁댄다. 그들은 시끄럽게 떠들거나 고래고래 소리 내어 노래를 부른다. 거실은 시장처럼 왁자지껄해진다. 형은 이미 오래전부터 집으로 친구들을 데리고 와서 밤새 놀았다. 닥쳐, 닥쳐, 닥치라고, 우리는 싸워야 해. 닥쳐⋯⋯ 형 친구들이 모두 함께 목청껏 노래를 부른다.

"넌 어째 맨날 그 모양이냐? 웃어봐. 즐겁게 살라고. 게임은 그만 끄고 말이야."

형 친구 중 한 명이 지우의 옆으로 와서 어깨를 툭 친다. 거친 손길에 기분이 나쁘지만 지우는 꾹 참는다. 빈집에 혼자 남아서 게임을 하면서 시간을 죽이면 다음날이 오고 또 다음날이 오고⋯⋯

"게임에 매달려 있을 때는 아무 소리도 못 들어."

형이 친구들에게 일러바친다.

"너, 혹시 현실하고 게임하고 막 헷갈리는 거 아냐?"

형 친구가 또 한 번 지우의 어깨를 툭 치면서 묻는다. 아무런 대답을 하지 않자 형 친구들은 형의 방으로 들어간다. 또다시 지우는 혼자 남겨진다.

*

　지우는 자신이 게임기라고 여긴 적도 있었다. 자신의 몸이 그대로 생체 게임기가 되어버린 것 같았다. 척추에 구멍을 내고 게임 플러그를 등에 꽂은 채 실감 나는 게임을 하고 있다고 여기며 몰입하는 것이다. 그럴 때는 기분이 최고였다. 간혹 게임에 빠져 있다가도, 손가락을 움직여 게임하고 있다는 것을 알아차리면 기분을 잡칠 때가 한두 번이 아니었다. 문어나 불가사리나 커다란 해파리처럼 꿈틀거리는 게임기로 자신의 몸이 변할 수 있다면 좋겠다고 생각한 적도 많았다. 그렇게만 된다면 게임이 끝난 뒤 지루한 현실로 돌아가지 않아도 될 테니까. 게임이 끝나면 현실은 너무 지루하고 시시해서 다 뜯어버리고 싶은 묵은 도배지 같았다.

　지우는 모니터 속의 녹색 괴물을 죽이느라 정신이 없다. 게임에 몰두한 동안은 형들이 불러대는 노랫소리도 들리지 않는다. 누군가 옆으로 와서 흔들어야 정신을 차릴 정도다. 게임을 하다가 현실로 돌아오는 데는 언제나 시간이 걸린다. 황량한 곳을 방랑하는 외계인 같은 자신의 얼굴을 한번 씩 모니터에 반사된 화면으로 볼 때면 지우는 자신의 얼굴을 외면하곤 했다.

　게임에 몰두하고 있는 사이 엄마가 부르는 소리가 들린다.

지우가 열 살 때 엄마는 집에서 나갔다. 아직도 엄마가 집을 나간 이유를 모른다. 엄마가 사라지기 전 지우의 몸은 엉망이었다. 온몸을 긁어서 피투성이가 된 피부에 군데군데 딱지가 앉았다. 엄마는 지우의 손을 잡고 울었지만, 원인을 알 수 없는 가려움증은 갈수록 심해졌다.

엄마가 집을 나간 뒤 지우는 버림받았다고 생각했다. 지우를 두고 떠남으로써 엄마는 지우에게 씻을 수 없는 상처를 남겼다. 작은 얼굴과 깊숙이 들어간 눈, 얇은 입술과 끝이 약간 숙여진 콧날을 한 엄마의 얼굴. 엄마가 가출한 뒤 지우는 엄마의 얼굴을 확실히 기억하게 되었지만 엄마의 목소리는 기억나지 않았다. 매일 들려오는 목소리는 늘 다르게 들렸다.

*

형이 잠든 때를 기다려 지우는 형의 침대 속으로 파고든다. 형은 침대에 엎드려서 잔다. 창백해서 파르스름해 보이는 옆얼굴을 지우는 손으로 만져본다. 형의 살갗을 만지면 안심이 된다. 형과 무슨 이야기든 나누고 싶어진다. 한동안 형의 얼굴을 만지다가 결국 지우는 형을 흔들어 깨우고 만다.

"형, 뭐라고 말 좀 해봐."

형은 좀처럼 잠에서 깨어나지 않는다.

"형, 난 잠이 안 와."

마침내 형은 눈을 뜬다. 또 잠을 깨운 사실을 알아채자 형의 얼굴이 일그러진다.

"꺼져, 괴물!"

형이 소리친다. 지우가 움직이지 않자 형은 지우의 두 다리를 잡고 침대 아래로 끌어내린다. 지우는 끌려나가지 않으려고 버둥거린다. 형은 기어이 지우를 방 쪽으로 끌고 간다. 형이 작은 방문을 열자마자 해피가 거실로 나온다. 녹색 눈동자를 가진 해피가 대번에 형의 품으로 뛰어든다. 형은 해피를 안고 지우를 노려본다.

"해피를 방에 가둬놨어?"

"잊어버렸어. 거기 둔 걸……"

"해피를 죽이려고 작정했구나?"

"그게 아니고……"

"언젠가 해피를 자루에 넣어둔 적도 있었잖아. 밤새 울어서 시끄럽다고."

형의 목소리가 떨린다.

"게임 할 때 방해되니까 그랬다고 태연하게 말했잖아."

해피가 가늘개 소리 내어 울어댄다. 형의 품에 안겨서 세모난 귀를 세우고 울어 대는 것을 보자 지우는 해피의 머리를 잡아당긴다. 형이 해피를 쉽게 놓아주지 않는다. 지우는 해피의 머리를 쥔 손을 옮겨 목을 꽉 잡았다. 해피가 날카로운 발톱을 세워서 지우의 손등과 팔을 깊숙이 긁었다. 긁힌 곳에 길게 직선의 상처가 나고 피가 몽글거리며 올라왔다. 하지만 지우는 해피의 목을 더 세게 졸랐다. 결국 형은 지우에게 해피를 넘겼다.

"아빠하고 형, 해피까지 다 한통속이었지. 나만 빼고."

자신에게는 눈길 한 번 주지 않으면서, 해피는 유달리 품고 지내던 아빠와 형에 대한 분노가 되살아나자 지우는 온몸을 부르르 떤다.

아빠와 형이 여행을 떠난 뒤 열흘이 되어 돌아온 날, 해피는 작은 방에 가둬져서 탈진해 있었다. 지우가 해피를 방에 가두고 물 한 방울 주지 않았다. 아빠는 여행에서 돌아오자마자 해피부터 찾았다. 해피가 탈진해서 쓰러져 있는 것을 보자 아빠는 대번에 지우의 따귀를 때렸다. 이유를 묻지 않았다. 단 한 번도 지우에게 이유를 물은 적이 없었다. 지우는 눈물이 그렁그렁해져서 돌아앉았다. 그런 뒤 방으로 돌아와서 볼에 대고 있지 않은 다른 손으로 게임을 시작했다.

제 자식을 팽개치고 바람난 미친년 피가 어디로 갔겠어? 그래도 지우가 있으니 언젠가는 한 번이라도 오겠지. 아빠가 지우를 데리고 있는 이유는 엄마가 나타나면 가만두지 않기 위해서라고 했다.

아빠의 그 말이 쟁쟁하게 귀에 울리자 지우는 베란다로 다가갔다.

"해피 이리 줘. 뭐 하려는 짓이야?"

형이 창문을 연 지우에게 다가왔다.

"해피는 아빠의 분신이야."

형이 지우에게 소리친다.

"그럼 난 아빠한테, 형한테 뭐였는데?"

지우가 처량해진 목소리로 묻는다.

"난 아빠한테, 형한테 뭐였냐고……"

"이리 줘. 해피 이리 줘."

형은 지우의 질문이 들리지도 않는 것 같았다. 오직 해피를 창밖으로 던질까봐 겁에 질려 있었다. 그 표정을 참을 수 없었다. 지우는 두 발로 손을 할퀴던 해피를 두 손에서 놓았다. 해피는 구층 아래로 떨어졌다. 지우의 손은 창문 밖 허공에 마치 해피를 들고 있는 것처럼 한동안 멈췄다.

"꺼져, 괴물!"

형이 거실 밖으로 뛰어나갔다. 해피에게 가는 것 같았다. 그제야 지우는 정신이 돌아와서 어둠이 강처럼 막막하게 흐르는 창밖을 내다본다.

하나의 게임을 막 끝낸 기분이다.

good game.

지우는 중얼거린다.

*

'어디로 가야 하나.'

아파트에서 나온 지우는 망설인다. 신축 건물에 뚫려 있던 스물한 개의 출구들이 떠오른다. 시커먼 어둠이 뭉쳐져 보였어도 그곳은 지우에게 유일하게 열려 있는 장소였다. 언제든 지우를 받아주었고 내쫓지 않았다. 가자, 가. 지우는 걸음을 옮긴다. 아파트 놀이터의 화단 위에 해피가 널브러져 있다. 형은 해피 앞에서 어쩔 줄 모르고 있다가 지우가 다가가자 일어선다.

"이제 해피를 어쩔 거니?"

형이 묻는다.

"내가 좋은 데 데려다주고 올게."

"좋은 데?"

형이 묻는다.

"손도 대지 마. 내가 알아서 할 테니까."

형이 아파트로 뛰어 들어간다. 형이 사라지자 지우는 웃옷을 벗어 해피를 싸안는다. 신음 소리도 없이 완전히 숨이 끊긴 해피의 몸은 여전히 따뜻하다. 죽일 생각은 없었어. 지우는 해피에게 속삭인다.

신축 건물에는 불이 켜져 있다. 벽면에는 주황색 칠을 했다. 지우가 드나들던 출구에도 유리문이 끼워졌다. 이제 건물의 밖과 안의 경계가 생긴 것이다. 그러니 이곳 신축 건물도 더이상 지우가 숨어들 수 있는 곳이 아니었다.

하지만 해피를 처리해야 하므로 지우는 일층 출입문을 흔든다. 지우가 움직일 때마다 해피의 몸에서 액체가 흘러내린다. 지우의 회색 바지가 자꾸 젖어간다.

'눈만 감으면 엄마를 만날 수 있던 유일한 장소였는데……'

지우가 앉아 있던 구석에서 엄마가 지금 지우를 기다리고 있을 것 같다. 지우는 있는 힘을 다해 문을 흔들어본다. 문은 굳게 잠겨서 움직이지 않는다. 지우는 바닥에 널려 있는 벽돌을 주워든다. 그 벽돌을 유리문 한가운데로 던진다. 유리 깨지는 소리가 어둠마저 박살 낸다. 또다시 게임을 시작하고 있는 기분이다. 게임은 쉽게 박살 나고 쉽게 복구된다. 지우는 짜릿함에 젖어서 또 하나의 벽돌을 든다.

그때 랜턴 불빛이 비치더니 남자들이 웅성거린다. 지우는 얼른 해피를 유리문 안에 내려놓고 그 안으로 한 발을 집어넣는다. 남자들의 목소리가 가까워진다. 그 남자들이 지우에게 다가와서 뒷덜미를 붙잡는다. 지우는 질질 끌려 나온다. 남자들이 지우의 몸을 사정없이 발로 찬다. 유리문을 이 새끼가 다 깼으니 이제 어떻게 하지? 몰라, 우리도 모른 척해야지.
남자들이 황급히 사라진다.

한참 뒤에야 지우는 사방을 둘러본다. 눈앞이 컴컴하다. 하지만 이보다 더 앞이 캄캄하던 날도 있었다.

이보다 더 앞이 캄캄하던 날……

지우는 걸으면서 그날을 떠올린다. 형이 어느 날 지우에게 질문을 했던 날이었다.

"네 엄마가 어디로 갔는지 너한텐 연락이 오겠지?"

"네 엄마라니, 우리 엄마가 아니라……"

지우가 다섯 살 때 엄마가 재혼했다는 사실을 형이 처음으로 말해준 순간이었다. 친아빠도 친형도 처음부터 지우에게는 없었던 것이다. 이 세상에 지우 자신의 것은 아무것도 없었다. 그 사실보다 더 견디기 힘든 것은 그럼에도 불구하고 엄마가 지우를 두고 집을 나가버렸다는 사실이었다.

그날의 충격이 그 어떤 통증보다 아팠다. 지우는 아픈 다리를 끌고 한 발씩 아파트로 걸어간다.

*

지우는 간신히 아파트에 다다랐다. 초인종을 열 번, 아니, 스무 번쯤 눌렀다. 아니, 서른 번쯤 눌렀는지도 모른다. 비밀번호를 눌렀지만 열리지 않았다. 비밀번호를 변경한 것이 분명했다.

어느새 뿌옇게 날이 밝아오는 중이다. 지우는 서 있을 기운이 없어서 문 앞의 바닥에 새우등을 하고 눕는다.

아파트에서 나온 것은 형이 아니라 여자였다. 여자를 배웅하느라 형이 뒤따라 나왔다. 여자는 지우를 한번 내려다보더니 하이힐 소리를 내며 사라졌다. 형은 문을 닫으려고 한다.

"형!"

형은 잠시 망설이더니 손으로 얼굴을 비벼댄다. 그제야 제대로 지우를 내려다본다.

"도대체 어디서 그렇게 얻어맞고 다닌 거야?"

형이 피투성이가 된 지우의 몸을 본 모양이다. 지우는 기어서 얼른 현관문 안으로 들어간다.

"해피를 죽이더니 이젠 나하고 변신놀이라도 하자는 거냐?"

형이 비아냥댄다. 변신놀이…… 형이 변신놀이를 기억하고 있다니. 지우는 형을 올려다보려고 고개를 들지만 형은 방으로 들어간다. 지우는 형의 방 앞에 드러누워서 눈을 감는다.

형과 변신놀이를 하던 기억이 떠오른다. 형은 마로 된 여름 이불을 뒤집어쓰고 귀신으로 변신하거나 양파망을 얼굴에 쓰고 원숭이로 변신하기도 했다. 변신놀이를 하면 규칙이 있었다. 형이 귀신으로 변하면 지우 역시 귀신이 되어야 하는 것이다. 형이 호랑이로 변신하면 지우도 엄마의 밍크코트를 덮어쓰고 호랑이 흉내를 냈다. 한나절이 다 지날 때까지 호랑이나 토끼나 로봇이나 앵무새로 변신하면서 놀았다. 목소리도 굵게, 혹은 갈라지게 변조해서 발음했다.

너 잘 만났다. 그래? 나도 널 잡아먹으려고 기다리고 있었지. 어흥, 건방진 놈……

형과 지우는 변신놀이에 푹 빠져서 시간 가는 줄 몰랐다.

벌레로 변신해서라도 형에게 갈 수만 있다면. 지우는 자신이 벌레로 변신하는 상상을 해본다. 온몸이 벌레로 변신하느라 살이 트고 뼈가 부러지는 통증이 따라붙는다. 정말 벌레로 변해버린 것일까. 지우는 자신의 몸을 내려다본다. 어찌된 일인지 온몸이 딱딱한 껍질로 쌓여 있고 머리에 긴 더듬이가 붙은 것 같다. 온몸이 가렵고 진물이 날 때부터 이미 벌레였는지도 모른다. 지우는 벌레가 된 자신의 몸을 꿈틀꿈틀 움직여본다. 이 정도라면 쉽게 형의 방문 틈으로 기어 들어가서 형의 방안으로 갈 수 있을 것이다. 방 앞까지 갔지만 차마 문을 열지는 못했다.

배가 아파왔고 지우는 배를 움켜쥐고 있다가 방문 앞에서 그대로 잠이 들었다. 꿈에서도 형과 함께 변신놀이를 했다. 한수 형, 형, 부르며 형을 쫓아다녔다. 형이 지우를 덮치거나 놓아주었다. 지우를 쫓아다니던 그 한수 형이 너무나 좋았다.

형이 코 고는 소리가 방문 밖으로 들려왔다. 지우는 방문을 열고 형이 잠든 침대 위로 올라간다. 형은 뒤척였지만 지우가 내려다보는 것은 모르는 모양이었다. 여전히 형은 코를 골았다.

"형, 생각나? 우린 이렇게 누워서 변신놀이를 했잖아?"

지우는 형에게 묻는다.

"형도 그때가 생각나?"

지우는 정말 궁금하다.

"벌레로 변신해서 형의 몸 위에서 오랫동안 꿈틀거렸잖아."

그때 형이 인기척을 느낀 것인지 눈을 뜬다. 충혈된 눈으로 지우를 발견하자 놀라서 벌떡 일어나 앉는다.

"너, 정말! 밤마다 무슨 짓이야?"

형이 소리친다. 지우는 마른침을 억지로 삼킨다. 아무래도 형에게는 말하겠다고 결심한다. 누가 뭐라고 해도 형은 내 형이야. 지우는 생각한다.

"그날 새벽 말이야."

그날 새벽까지 지우는 게임에 빠져 있었다. 지우는 가끔 컴퓨터를 하다가 발작을 일으켰다. 쓰러지기도 하고 가슴이나 머리를 쥐어뜯으며 뒹굴기도 했다. 그날도 밤새 컴퓨터를 했다. 아침에 일어났을 때 지우는 공원에 쓰러져 있었다. 정신을 차리고 아파트에 돌아왔을 때 아빠는 돌아가신 뒤였다.

"발작이 난 순간부터 깨었을 때까지가 기억나지 않아. 형은 그날도 몰래 나가서 외박했지."

"그게 뭐 어쨌다는 거야"

"며칠 동안 게임을 하고 나면 아무런 감각이 없어져. 며칠이 지났는지도 알 수 없고 내가 그동안 무슨 일을 했는지도 모르겠고 말이야."

"그게 하루이틀의 일이야?"

"형. 그날 내가 무슨 일을 저지른 건 아니겠지?"

"무슨 짓?"

"난 아무래도 그날 새벽에 내가 가스 밸브를 열었던 것 같아."

지우의 볼에서 눈물이 툭 떨어진다.

얼마나 아빠를 증오했는지, 아빠가 죽어버렸으면 했는지 그 마음을 다 털어놓아야만 할 것 같다. 자신의 말을 들으면 형은 아마 가스 밸브를 열었다는 말을 믿을 것이다.

"아버진 교통사고야. 가스 누출과 무슨 상관이 있다는 거야?"

"아빠 가스에 중독되어서 밖에 나갔던 거야. 그래서 어지러웠을 거고 밖에서 쓰러졌겠지. 그런 아빠를 차가 치고 간 거야. 겁나서 뺑소니쳤을 거고."

"그걸 말이라고 해? 가스 누출됐단 말은 누구한테도 들어보지 못했어. 누출됐다면 넌 어떻게 무사했겠어?"

"난 가스 밸브를 열고 바로 나갔으니까."

"그만 좀 해. 그리고 내가 이렇게 빌 테니까 제발 병원에 가보자."

형이 두 손으로 비는 시늉을 한다. 알았어. 지우가 말한다. 형의 얼굴이 순간 밝아진다.

"그런데 형, 한 번만 누워. 그러면 형이 하라는 대로 다 할게."

형은 지우가 시키는 대로 눕는다.

"입원만 한다면 시키는 대로 다 해줄게."

형이 말한다. 지우는 형의 침대 밑에 감춰두었던 뱀 인형을 꺼낸다. 뱀 인형은 노란색 천으로 된 긴 목도리 같다. 뱀처럼 검은 무늬가 나 있고 머리는 살모사처럼 생겼다. 변신놀이를 할 때 지우는 형에게 늘 뱀 인형으로 장난을 쳤다. 형의 머리 위로 뱀을 떨어뜨리고 형의 목에 뱀을 두르고 형의 입에 뱀 머리를 집어넣고. 그때마다 속이 후련했다. 지우는 숨을 몰아쉬었고 형은 지우를 노려보면서 씩씩댔다. 그런 뒤 두 마리의 뱀처럼 서로 뒤엉겨서 싸웠다.

지우가 뱀 인형을 꺼내 들자 형이 황급히 몸을 일으키려고 한다. 지우는 뱀을 형의 목에 두른다. 형이 손으로 아무리 뱀을 풀려고 해도 이미 늦은 것이다. 형의 얼굴이 점점 벌겋게 변해간다.

왜 하필 그때, 아빠가 주던 한 통의 껌이 떠올랐을까. 그 껌을 한꺼번에 까서 지우의 입에 쑤셔 넣던 장면이. 엄마가 어디 갔느냐고 울 때마다 지우의 입에 틀어넣던 그 껌들이…… 어느새 형이 축 늘어져 있다.

얼마나 지난 걸까. 사이렌 소리가 들리는 것 같다. 곧 초인종이 울리고 경찰이 문을 부수고 들어올 것 같다. 지금이라도 경찰이 들이닥칠 것 같다. 지우는 형의 목에 감았던 끈을 놓아준다.

형, 내가 이긴 거야. 오늘은. good, game.

지우는 중얼거린다.

그런 뒤 지우는 거실을 거쳐 베란다로 나간다. 아파트 단지를 내려다본다. 경찰차는 보이지 않는데 사이렌 소리가 요란하다. 지우는 두 손으로 귀를 틀어막는다.

*

"이제 마지막 게임만 남았다."

지우는 모니터를 보면서 떠든다. 게임 스타트라는 멘트와 함께 시그널 음악이 울려 퍼진다. 모니터에 지우의 얼굴이 비친다. 괴물들이 사라지고 화면이 어두워지는 순간마다 지우의 얼굴이 드러난다. 지우는 모니터 화면을 물끄러미 쳐다본다. 우는 것인지 웃는 것인지 알 수 없도록 얼굴이 일그러져 보인다. 더 이상 형과 변신놀이를 할 수 없을 테니 이리 와서 게임이나 한판 하자고 모니터 안의 괴물들이 손짓한다. 괴물들과 지우는 한판 게임을 시작한다.

good game.

지우는 이제 게임이 끝났다는 사인을 보낸다. 하지만 게임은 다시 시작하면 된다. 밤을 새워도 지우가 공격할 놈들은 남아 있고 지우를 공격하는 놈들도 남아 있다. 앞마당 가득 무기와 일꾼들이 게임을 시작할 때마다 채워진다. 현실 어느 곳에도 없는 공간과 일꾼과 무기가 모니터 안에는 가득하다.

*

사이렌 소리가 요란하게 들려온다. 그 소리는 지우를 향해 금방이라도 달려들 것 같다. 이제 게임의 마지막 승부수를 띄울 때라고 지우는 결정한다. 엄마가 그랬듯이, 그 역시 게임의 고수가 되고 싶은 것이다. 지우는 구석에서 해피를 묶었던 노란 끈을 가져온다. 해피를 꼼짝하지 못하게 묶었던 것처럼 고리를 만들어 목에 건다. 사이렌 소리가 가까워지는 속도만큼 지우는 목에 감긴 끈을 더 바투 잡는다.

"네겐 모든 게 다 게임이야. 지거나 이기거나 중간에 그만

뒈도 되는 게임. 너도 게임 속에서 움직이는 것들처럼 살거나 죽거나 사라지거나 아무 상관없는 놈이지."

괴물들이 지우에게 떠드는 소리가 들리는 것 같다.

"너무 심각할 거 없어."

지우가 괴물들에게 말해준다.

지우를 위로해주는 건 아빠도 형도 아닌, 역시 모니터 속에 있는 괴물들이다. 지우는 그것들과 어울리기 위해 혀를 빼물고 머리를 헝클고 옷을 벗는다. 끈을 잡아당길수록 입에서 허연 침이 쏟아지고 그럴수록 지우는 화면 속의 괴물과 흡사해져서 게임은 더 흥미진진하다.

어릴 때 형과 하던 즐겁기만 하던 변신놀이와는 달리 괴물들과 하는 게임은, 자꾸 지우의 얼굴을 젖게 만든다. 지우는 정신이 몽롱해지는 것을 느낀다.

"이 모든 것은 엄마를 향한 아직도 끝나지 않은 게임일 뿐."

지우는 랜턴을 들고 다가오는 엄마에게 속삭여준다.

엄마는 지우에게 아무런 대답도 하지 않는다. 또다시 아빠가 엄마를 데려간다. 엄마는 뒤돌아보지 않고 아빠와 함께 사라진다. 지우가 사라지는 것조차 아무도 보아주지 않는다.

"엄마!"

지우의 손이 허공의 무언가를 잡을 듯 휘저어지다가 이내 바닥으로 툭, 떨어진다. 지우는 자신의 몸이 그 순간 컴퓨터 화면 속으로 들어가고 있다고 느낀다. 어느새 지우의 몸은 저 그가 되어 컴퓨터 화면 속에서 움직이기 시작한다. 저그들이 낄낄대며 웃어댄다. 그 사이에 낀 지우도 비로소 즐겁다.

good game.

사이렌 소리마저 멈춰버린 순간이다.

섬 너머

터미널 주차장에 사람들이 한꺼번에 모여든다. 스무 명이 넘는 남녀 모두 연두색 셔츠를 입고 있다. 그들은 두 손을 번쩍 들더니 마구 흔든다. 동시에 다 함께 바닥에 드러눕는다. 저 사람들 뭐야? 터미널을 지나던 사람들이 수군댄다. 터미널을 빠져나오던 희수와 나도 눈을 동그랗게 뜨고 그들을 쳐다본다.

주차장에 들어서던 차들이 경적을 울린다. 완장을 찬 회사 직원이 호각을 불며 뛰어온다. 바닥에 드러누웠던 사람들이, 사랑합니다. 사랑합니다, 큰 소리로 외친다. 옆 사람과 서로 끌어안고 소리 내어 웃는다. 행동을 같이하던 사람들이 일제히 일어선다. 그들은 눈 깜빡할 사이에 뿔뿔이 흩어진다.

"뭐하는 거야?"

희수가 묻는다.

"플래시몹이라는 거야. 일종의 퍼포먼스지."

퍼포먼스? 희수가 되뇌며 눈을 깜빡인다. 길고 풍성하게 붙인 인조눈썹이 불편해 보인다. 삼 년 만에 미국에서 돌아온 희수의 화장이 부쩍 짙어졌다.

"혼자가 아니라는 걸 과시하는 거야. 혹은 혼자가 아니라고 위안받고 싶거나."

"위안? 저런 게 위안이 돼? 하긴, 혼자 살다 보면 저런 거라도 하고 싶겠다. 안 그래?"

희수가 동의를 구한다. 글쎄, 잘 모르겠다.

내가 아이를 데리고 집에서 나온 지도 반년이 지났다. 수없이 회유하던 남편도 내 고집을 꺾지 못했다. 이혼하는 것보다는 낫겠지, 라고 말하며 결국 한 발 물러섰다. 그 무렵 나는 이상한 증상에 시달렸다. 처음 그 증상이 나타난 것은 마트에서였다. 카트에 물건을 싣고 계산대 앞에 서 있었다. 내 앞뒤에 선 사람들에게서 냄새가 풍겨오기 시작했다. 그 냄새를 감당하지 못해 나는 계산도 못한 채 마트에서 뛰어 나왔다. 곧바로 전철을 탔지만 마찬가지였다. 사람들에게서 피가 썩는 냄새가 진동했다. 나는 자리에서 일어나서 구석에 혼자 있다가 내리고 말았다. 습하고 더운 여름 날씨를 맞닥뜨렸을 때처럼 내 의지로 어쩔 수 없는 상황이 벌어진 것이다.

집에서 나온 뒤 나는 하루 종일 방에 틀어박혀 지냈다. 심심할 때마다 밥을 먹었다. 그나마도 없으면 양배추를 잘라서 계속 씹었다. 냉장고가 텅 비면 아파트 앞 상점에서 배달시켰다. 그것을 냉장고 가득 채워놓고 하나씩 먹었다. 물론 현관문만 열어도, 계단만 내려서도, 세상은 환하게 열려 있었다. 그럼에도 불구하고 그 문은 아이가 등교하거나 하교하는 시간에만 재빠르게 열리고 닫혔다. 문이 열린 잠시 동안 들어오는 빛도 싫어서 나는 두 팔을 들어 황망히 그늘을 만들었다.

아이가 학교에 가면 나는 문을 잠근 뒤 커튼을 치고 침대에 누웠다. 눈을 감고 잠이 들고 잠에서 깨어났다. 더 이상 잠이 오지 않으면 멀뚱멀뚱 천장을 보았다. 살아 있는 건 확실한가. 이렇게 사는 것도 가능한 일이군. 아니야. 이건 사는 게 아니야. 그래도 숨 쉬고 있으니 사는 건 맞지. 이것이 내가 얼마나 원하던 삶인가. 사람 속에 섞이지 않고 혼자 살아보는 것 말이야. 나는 수없이 중얼거렸다. 그러면서도, 함께 섞여 사는 일에 중독된 나는 금단 현상처럼 몸을 떨곤 했다. 사람들 속에 섞여 살 때 느꼈던 공허가 혼자 있는 시간에도 여지없이 끼어든다는 것이 뜻밖이었다.

남편에게서 오는 전화만 받았다. 그것도 대개는 단답형이었다. 남편에게 전화가 오면 갚아야 할 것을 갚지 않은 채 도망 나온 기분이 들었다. 이제 그만 집에 들어와. 난 혼자 살려고 결혼한 게 아냐. 술을 한잔하면 밤늦게 전화를 해왔다. 그냥 같이 살면 안 돼? 응? 혼자 살고 싶은 이유가 뭐야, 응? 아직도 사람들한테서 냄새가 나? 남편은 대꾸 없이 듣기만 하는 통화에 맥이 빠져서 슬그머니 전화를 끊었다.

"드디어 백운사로 가는 마을 입구네."

나는 희수에게 백운사 방향을 가리킨다. 희수는 다소 지친 듯하다. 마을 입구에서 한 이십 분쯤 걸으면 곧 등산이 시작된다. 진입로에는 큰길이 생겼고 하천 공사도 한창이다. 다리를 놓느라고 주변이 어수선하다. 길가에 핀 꽃들, 다 자란 옥수수는 일 년 내내 그 자리에 서 있었던 것 같다. 이 절 가까운 곳에 살고 싶어. 내 말에 희수가 나를 빤히 쳐다본다. 언니는 스님이 될 걸 그랬나봐. 아니, 스님이 다된 거 아냐? 희수가 웃는다.

콘크리트 길이 끝나자 흙길이 드러난다. 희수가 약수터로 가는 길로 방향을 튼다. 나도 희수를 뒤따라 걷는다. 약수터에 가만히 구부리고 앉아 물을 한 바가지 뜬다. 한 모금도 삼켜지지 않는다. 입안 가득 물을 넣은 채 가만히 있어본다. 음력 구월 초하루. 이틀 뒤면 부모님의 기일이다.

"으, 물이 참 달다, 그지?"

희수가 물컵을 걸어놓고 손수건으로 입가를 닦는다.

우리는 서둘러 비탈길을 오른다. 나도 요즘 산에 다녀. 우리 동네에 산이 있더라. 미국 가기 전에는 한 번도 안 가본 곳인데 요새 발견했어. 희수의 눈 밑에 다크서클이 진하다 싶더니 산바람의 흔적인 모양이다. 거기 몇 미터나 되지? 내가 묻는다. 글쎄, 두 시간쯤 걸리던데. 희수가 문득 입을 가리며 웃는다. 고개를 들고 나를 바라보면서도 웃음을 멈추지 못한다.

"산중턱에 올라가서 비를 쫄딱 맞은 날이 있었어."

"그래?"

"한 남자가 다가와서 우산을 씌워줘서 산꼭대기까지 같이 올라갔어."

또 한 번 입을 가리고 웃는다. 글쎄 말이야. 정자에 올라가서 한참 동안 비를 긋고 있는데, 남자가 대뜸 나하고 사귀자는 거야. 지금 마누라하고 열 살 아래인데 대화가 안 통해서 친구가 꼭 필요하다나. 알고 보니까 같은 동네 사람이더라고. 근데, 언니, 나한테 몇 살이냐는 거야. 나도 모르게 세 살이나 낮춰서 말했어. 그래놓고 얼마나 내가 웃기던지. 희수는 발설하고 싶은 이야기가 무척 많은 듯하다.

"너, 남편이 이혼하자고 하니까 남자들이 자꾸 꼬이네."

국제전화를 할 때도 희수는 남자 이야기를 꺼냈다. 희수가 창밖을 바라보고 있는데 옆집에 사는 남자가 차를 세우더라는 것이다. 차창을 열더니, Go to your house? 라고 물었다고 한

다. 희수는 Bought your house? 로 잘못 알아듣는 바람에 손을
막 휘저었다고 한다. 아직은 아녜요. 아직은. 그러자 남자가
난감한 표정을 지으며 두 손을 치켜들더라는 것이다. 뭐라고
요? 뭐가 아직은 아니라는 거죠? 내 뜻은 단지 대화나 나누
자는 거였는데…… 한동안 땀을 흘리며 해명하더라는 것이다.
귀엽지? 그 남자. 희수가 관심 있게 묻던 것이 떠오른다.

"언닌, 어떻게 혼자 살 생각을 했어. 난 끔찍해. 혼자 산다
는 건."

글쎄, 잘 모르겠다.

혼자 있는 시간이 길어질수록 가장 힘든 일이 혼자의 시간
을 버티는 것임을 알게 되었다. 그것이 두려워서 지금껏 사람
들 속으로 들어갔다는 사실도.

저녁이 되면 사람이 그리웠다. 그런 날은 아이가 올 시간을
자꾸 기다렸다. 아이는 집에 돌아오면 나보다 컴퓨터를 좋아
하고 나보다 침대를 좋아하고 나보다 거울을 좋아한다. 나는
컴퓨터 하는 아이의 옆모습을 바라보고 누워 있는 아이의 발
바닥에 뽀뽀를 해주거나 거울을 보고 있는 거울 속 아이를 같
이 들여다본다. 아이에게 나는 어느새 거울 속에 비친 타자이
다. 아이가 책을 읽다 말고 침대에서 곯아떨어져 잔다. 나는
아이의 옆에 누워본다. 아이에게 신선한 냄새가 난다. 초봄의

새잎에서 나는 풀 냄새 같은 것. 나는 아이의 손을 만지작거린다. 넌 엄마보다 잠이 좋은 거지, 말 시켜보지만 아이는 쿨쿨 잘 뿐이다. 그 아이의 볼에 내 볼을 맞대고 비빈다. 아이는 불편한지 잠결에 고개를 돌린다. 아이의 머리카락이 내 눈앞을 막아버린다. 그 머리카락을 나는 오랫동안 만진다. 아이가 인기척을 느꼈는지 벌떡 일어나 앉는다. 숨이 넘어갈 것처럼 놀라서 비명을 지르고 몸을 웅크린다. 왜, 왜? 나도 덩달아 소리를 지른다. 아이는 서너 차례 더 소리를 지르더니 자지러진다. 그 순간의 아이는 내 딸의 얼굴이 아니다. 생전 처음 보는 무서운 얼굴이 되어 있다. 공포에 자지러지는 아이를 각성시키려고 자꾸 내 얼굴을 확인시킨다. 그럴수록 아이는 무언가가 자기를 들여다보고 있었다는 사실에 경악하고 덜덜 떨기만 한다. 나는 아이의 눈을 외면하고 정신이 돌아오기를 기다린다. 한참 만에야 아이는 내 얼굴을 알아본다. 뭐야. 왜 그래. 얼마나 무서웠는지 알아? 아이가 투정을 한다. 내가 손을 잡아주려고 해도 아이는 뿌리친다. 괴물이 자신을 물끄러미 내려다보고 있어서 놀랐다고 투덜거린다.

아이가 등 돌리고 잠이 든 방에서 나는 슬그머니 나온다. 아이 역시 혼자가 더 편한 것이다. 직장을 다녔던 나는 늘 바빴다. 그 많은 저녁마다 내가 비워둔 공간에 아이가 혼자 덩그러니 있었다. 그 공간과 시간에 지금 내가 들어선 것이다.

아이는 이미 혼자 있는 것에 익숙해진 것인가. 나는 어두운 거실을 서성인다. 무엇이든 공격을 해야 하고 무엇엔가 방어를 해온 관성에 안절부절못한다. 지금은 무장 해제했고 아무도 내게 시비를 걸어오지 않는다. 이보다 더 평화로울 수는 없다. 이런 평화를 얻기 위해 지금껏 투쟁하며 산다고 믿었다. 그런데 이 평화가 왜 이렇게 불안한지 알 수 없다.

음악을 듣는데 외로울 수 없다. 책을 읽는데 외로울 수 없다. 자신과 대화를 하는데 외로울 수 없다. 그럼에도 불구하고 나는 자꾸 누군가와 이야기하고 싶어진다. 그러나 한편 누구와도 이야기하고 싶지 않기도 하다. 아마 누군가와 이야기를 하고 싶은 것은 관성 탓일 것이다. 이야기하고 싶지 않은 것은 그것에서 오는 깊은 환멸의 시간을 경험했기 때문일 것이고.

반복된 것이 지겨웠던 환멸. 같은 언어를 뱉어야 했던 환멸. 주어진 형식대로 움직여야 했던 환멸……

내가 시간의 주인이 된 지금, 나는 여전히 시간의 노예처럼 시간에 끌려다닌다.

"이모가 돌아가신 게 아직도 실감이 안 나."

희수가 불쑥 이모 이야기를 꺼내놓는다.

"우리한텐 엄마와 마찬가지였는데."

이모는 손수 농사지은 채소들이나 곡식들을 보따리에 사

들고 버스를 세 번이나 갈아타고 우리 자매를 찾아오곤 했다. 하룻밤 사이에 그 채소들로 갖가지 음식을 만들어주었다. 엄마가 없으면 제일 아쉬운 게 엄마가 해주는 음식이여. 이모는 정말 엄마와 똑같이 음식을 만들어주었다. 추어탕도 한 솥 해주고 부추김치도 한 통 해주었다. 그리고 그것을 우리와 같이 먹을 때마다 나는 첫술에 엄마를 떠올렸다.

"그런데 언닌 언제까지 집 나와서 지낼 거야?"

"글쎄."

"그렇게 집 나와서 청승 떤다고 뭐가 달라져?"

희수가 나를 건너다보며 제법 시비다. 부모님이 돌아가신 뒤 사람들과 인연을 끊고 사는 내게 불만을 터뜨리는 것이다.

한 달 전 이모의 식도암 발병 소식을 들었다. 식도암은 이미 수술이 불가능할 만큼 퍼져 있었다고 한다. 임시방편으로 식도를 넓히는 수술을 할 수밖에 없었다. 그 수술은 잠시 동안 생명을 연장시킬 뿐이었다. 아무런 조처도 가능하지 않았다. 시골집에서 두문불출하는 이모를 뵈러 갔다. 이모는 울지도 못했다. 목으로만 엉엉, 하고 소리 내었다. 울음조차 잃어버린 것 같았다.

"다시 또 볼 수 있겠나? 니 엄마 죽었을 때 내가 니 엄마처럼 잘 해주려고 했는데. 엉엉. 내가 아프니 콩도 못 주고 참기름도 못 주고. 엉엉."

이모는 그 와중에도 우리 걱정만 했다.

"곧 다시 올게요. 이모. 그만 울어요."

"내가 그때까지 살겠나, 엉엉."

"금방 올 테니까, 건강하세요. 꼭."

"그래. 내가 너 올 때까지 살아 있을게. 그때 참기름도 주
고."

이모는 나를 붙들고 영영 이별할 사람처럼 발을 구르며 슬
퍼했다.

"그런데 할 말이 뭐야?"

희수는 아침 일찍 전화를 했고 할 말이 있다고 말했다. 나
는 이왕이면 부모님의 기일 전에 사십구재를 지낸 백운사로
가자고 제안했다. 백운사가 지척인데 희수는 아무 말도 못 꺼
내 놓고 있다.

"사실은…… 내가 미국에 있느라 떨어져 있는 동안 그이한
테 여자가 생겼어."

"심각해?"

희수가 고개를 끄덕인다. 벌써 두 해는 된 것 같아. 새 여자
와 있을 때만 행복하다는 남편을 보는 것도 괴로워. 희수가
덧붙인다. 어쩌겠어? 맘이 떠난 남자를. 내 말에 희수는 단호
히 고개를 젓는다.

우리 남편은 언니와 비슷한 구석이 있어. 그 사람 조용히 있는 걸 좋아하잖아. 하지만 나는 잘살아보겠다고 세탁일 하면서 악착같이 돈을 모았어. 그런 나한테 그이가 아예 노골적으로 패악을 부리네. 하도 고통스러워서 링거를 맞았어. 두 주 동안 밥도 제대로 못 먹었거든. 위궤양으로 병원에도 다녔고 몸이 아파서 유방암을 비롯해서 모든 암 검사도 다 하고 다니고. 입원이라도 하면 그이가 와줄 것 같았는데 입원실이 없어서 그 짓도 못하고. 웃어주지도 않는 남편을 언제까지 쳐다보며 살아야 하는 건지. 그 사람, 다음주엔 또 두 주 동안 출장 간다고 벌써 짐을 다 싸놓았어.

나는 한동안 묵묵히 걷는다. 그런데 왜 헤어지지 않는지 묻고 싶지만 희수의 표정을 보니 그저 억울하다고 하소연하는 중이다. 이혼하지 그래? 한참 뒤에야 물었다. 희수가 피식 웃는다.

"치사해도 그냥 살지 싶어서."

"……"

"나, 사실은 그 여자도 만났어. 남편이 한번 만나보래. 나하고는 다른 여자라고. 내가 하도 결정을 못하니까 말이야. 그 여자, 젊고 말도 잘하더라."

희수의 표정이 쓸쓸해진다.

그 여자가 입을 열 때마다 도리어 내가 적나라하게 까발려져 보이는 거야. 그 여자는 당당했어. 아이도 있고 남편도 있는 여자야. 남편이 그 여자와 살려고 이혼하려는 게 아니었대. 그 여자도 자기와는 상관없는 일이래. 그저 마음 맞아서 만나는 게 뭐 나쁘냐고 도리어 물었어. 한때 그 여자도 남편에게 조르기도 했대. 이혼하고 서로 합치면 어떠냐고. 그런데 남편이 싫다고 했다는 거야. 남편이 원하는 건 혼자 살면서 만나고 싶은 여자 만나고, 가고 싶은 데 가고, 굶고 싶으면 굶고, 먹고 싶으면 먹겠다는 거래. 그 생활이 더 좋다는데 뭐라 하겠어? 그 여자도 내게 그러더라고. 차라리 새 출발 하라고.

희수가 맞닥뜨린 장애는 남편의 외도가 아니라 남편이 살고 싶은 노선의 문제였다. 그러니 희수가 남편과 같이 살 수 있을까.

"일주일만 어디 갔는지 말 안하고 집에서 사라지면 어떨까? 혹시 나한테 다시 신경 쓰고 걱정하고 나 찾지 않을까?"

그것이 희수가 선택한 최종 결정인 모양이다. 나는 아무 말도 할 수 없다. 희수는 여전히 투쟁하듯 사는구나. 누군가와 함께 살지 않으면 못 견디는 애였지.

나는 어떤가. 이모의 죽음을 앞두고도 식물처럼 제자리에서 움직이지 않았다. 이모와 만나겠다던 마지막 약속을 못 지킨 것도, 임종을 지키지 못한 것도 내가 섬 같은 곳에 혼자 지내기를 고집했기 때문이다.

언제 돌아가실지 모르는 이모를 뵈러 가기로 한 날, 남편이 빨리 출발하자고 재촉했다. 그날도 나는 방에서 나오지 않고 가기 싫다고 했다. 죽음 직전의 이모를 뵈러 가는 일보다 더 중요한 일이 뭐냐고 남편이 화를 냈다. 그럼 어두워지는 오후에 출발하자고 했다. 남편은 또 기다렸다. 결국 취소해버린 채 나는 방에서 한 발도 나오지 않았다.

다음날 밤, 이모가 혼수상태라는 연락이 왔다. 찾아갔을 때는 입에 넣은 호스로 간신히 산소만 투입하는 지경이었다. 뇌사 상태였다. 음식물이 기도를 막고 의식 불명에 빠져버렸다고 한다. 전혀 예기치 못한 사건이 일어난 것이다. 우리는 황망히 병원으로 갔다. 너희들이 온다고 해서 기다렸는데 안 온다고 하니까, 아무렇지도 않은 듯 말하고는 돌아눕더라. 그리고 저녁에 음식물이 목에 걸려서 병원으로 옮겼고 곧바로 뇌사에 빠졌어. 어제 왔다면 얼마나 좋았겠어. 올케가 연신 눈물을 소매 끝에 찍어냈다.

이모의 모습은 그대로인데 이미 이모는 이승의 사람이 아니었다. 코에 꽂힌 호스로 숨을 끊임없이 흡입하는 노동을 힘겹게 하고 있었다. 차라리 그 고된 노동을 끝나게 해주고 싶었다. 괴로워 보이지도 않았다. 괴로움이라는 것도 이승의 사람에게나 해당되는 말이었다. 나는 이모의 손과 이마와 얼굴을 만졌다. 이모, 라고 몇 번 불렀다. 하지만 이모는 다른 곳에 있었다.

아이 핑계를 대고 밤차로 가겠다고 병원에서 나왔다. 도저히 그 모습을 보고 있을 수가 없었다. 아니, 문제는 냄새였다. 병원에 들어설 때부터 나던 지독한 냄새. 병원에 진동하는 피비린내를 견딜 수 없었다. 부모님이 돌아가셨을 때 들이마셨던 그 냄새였다. 죽어가는 냄새. 피가 썩어가는 냄새. 그 피 냄새가 병원과 이모에게서 진동해서 단 오 분도 견딜 수 없었다.

병원에서 나온 나는 곧장 고속버스를 탔다. 고속버스 안에서 깜박 잠이 들었다. 내 몸에서 무엇인가가 빠져나가는 것을 느꼈다. 연기처럼 혹은 그림자처럼 빠져나가는 서늘하고 섬뜩한 느낌. 아, 이모가 돌아가셨구나. 순간 나는 알아챘다. 시계를 보자 8시 35분. 휴대폰을 켰지만 방전되어 있었다. 버스는 마냥 달렸다.

버스에서 내리자마자 공중전화 박스로 달려갔다. 전화를 걸자, 이모는 8시 30분에 링거를 교체하던 중에 돌아가셨다고 했다. 뭐가 그리 급해서 임종도 못 보냐고 남편이 화를 냈다. 나는 공중전화 박스에 머리를 박고 움직일 수 없었다.

이모가 돌아가신 뒤에도 일상은 똑같이 반복되었다. 부모님이 돌아가신 뒤에도 그랬던 것처럼. 달라진 것은 하나도 없었다. 그 놀라운 사실 앞에 나는 한 발짝도 밖으로 나갈 수 없었다. 아침과 점심과 저녁이, 바깥에서 들려오는 차바퀴 굴러가는 소리도, 반복되었다. 바람 소리는 숲이 통째로 흔들리며 내는 소리를 냈다. 씨이이익, 그런 소리가 하루 종일 들려왔다. 라디오 음악의 레퍼토리가, 바깥의 풍경이 어두워지고 밝아지는 이치가 반복되었다. 네 모서리의 천정처럼 눈앞에 동일하게 세상이 반복되고 있다는 것이 새삼 놀라웠다. 네모난 방의 모서리를 멀거니 바라보면서 이러한 반복을 반복하지 않을 방법이 없다는 것을 알았다. 끝없이 변주되어도 나는 다시네 모서리의 천장 밑에 누워 있을 것이다. 그러면 뭐가 남는가. 그런 질문만 끝없이 이어갔다.

나는 차츰 창고에 둔 항아리 속에 웅크리고 앉아서 세상 밖으로 나가는 것에 겁을 집어먹고 있는 어린아이가 되었다. 외부의 힘이 나를 감싸고 있던 항아리를 깨뜨릴까봐 두려워했다. 항아리 속으로 알지 못할 액체가 퍼부어질까봐, 시커먼 손이 항아리 속으로 들어와 머리채를 잡아 밖으로 내던질까봐 떨었다. 항아리 속에 든 아이는, 누구도 자신을 건드리지 않게 되기를 바랐다. 그대로 잠이 들고 잠에서 깨고 항아리 속에 흘러든 물기와 곡식으로 연명할 정도면 충분하다고 생각했다.

"다 왔네. 사십구재 때 와보고 처음이지?"

백운사의 대웅전을 가리키며 희수가 묻는다. 나는 고개를 끄덕인다.

어머니는 절에 가는 날이면 보라색 블라우스와 까만색 긴 치마를 차려입었다. 잡화점을 아버지에게 맡긴 뒤 종종걸음을 했다. 일 년에 서너 번도 비우지 않고 매달려 있던 가게여서 어머니가 없는 동안 단골손님이 왔다가 그냥 갈까 노심초사했다. 아버지는 손님에게 늘 무뚝뚝한 때문이었다. 손님이 값을 두 번 물으면 아버지는 귀찮아했고 가격을 깎기라도 하면 딴 데 가라고 소리 질렀다. 알았으니까 그냥 물건을 달라고 해도 아버지는 팔지 않았다. 아버지는 사업이 망한 뒤 도망치듯 낯선 도시에 왔고 시장 바닥까지 와버린 당신 삶에 분노했다. 그 분노를 누구라도 건드리면 죽어나는 것은 어머니였다. 그런 날이면 아버지는 장사를 그만두고 사흘이고 나흘이고 누워서 잠만 잤다. 비위가 상한 손님 눈치 보랴, 아버지 눈치 보랴, 어머니의 장사는 늘 고달팠다. 그런 아버지를 아는 손님이라면, 아버지가 가게에 앉아 있으면 절대로 물건값도 묻지 않았다.

돌아가시기 전 마지막 초파일 날, 아버지도 백운사에 따라나섰다. 그날 사찰로 가는 길에는 꽃이 만발했다. 어머니는 꽃을 좋아해서 감탄하며 걷는데 아버지는 멀찍이 떨어져서 뒷짐을 지고 묵묵히 따라왔다. 누군가 달아주었는지 가슴에 부처님 오신 날이란 분홍색 리본이 꽂혀 있었다.

아마 이쯤 서 있었지. 아니야. 조금 더 뒤에서 뒷짐 지고 무표정하게 사람들의 모습을 구경하고 있었지. 어디서나 이방인 같던 그 모습 그대로. 나는 잠시 아버지를 추억한다. 그런 뒤 대웅전으로 들어선다. 희수는 교회에 다니기 때문에 아버지가 있던 그 자리에서 기다리겠다고 한다.

법당 안에 있는 촛대와 공양 그릇의 광을 내느라 신도들이 모여앉아 떠들썩하다. 약을 더 발라야 해. 내가 방석을 놓고 절을 하는 동안 여자들의 수다가 이어진다. 며느리가 왜 안 왔어? 누가 묻자 침묵이 흐른다. 나는 다시 절을 한다. 죽었어. 여자가 대답한다. 아니, 그렇게 젊은 며느리가. 아이도 있잖아요? 어쩌다…… 그래서 내가 매일 와서 일하는 거야. 이것이 공덕 쌓는 거야. 절을 아무리 많이 해도 이것만은 못해. 나는 어제 밤새 금강경을 베꼈어. 그것도 공덕 쌓는 거여. 그럼 그렇고말고. 여자들의 목소리가 끊임없이 이어진다.

절을 하는 동안 어머니가 옆에 있는 듯하다. 친구들과 패싸움을 하고 다니는 오빠 때문에 어머니의 근심은 그칠 날이 없었다. 얼굴이 창백해질 때까지 절을 하던 어머니는 혼절하듯 법당에 엎드리곤 했다. 보글거리는, 숱 없고 하얗게 세어버린 머리를 조아리고 움직이지 않았다.

나는 절을 마치고 가부좌를 하고 앉아 눈을 감는다.

얼마나 지났을까. 여자들의 소리가 들리지 않는 것 같다. 나는 눈을 뜬다. 여자들이 여전히 촛대를 닦고 있다. 촛대를 깨끗이 닦고 얼굴을 비춰보면, 촛대를 닦기 전하고 자기 얼굴이 달라 보이지 않아? 누군가 말한다. 맞아. 맞아. 몇 명이 수긍한다. 여자들은 아마 계속 수다를 떨고 있던 모양이다.

나는 절을 마치고 일어선다. 방석을 제자리에 둔다. 여자들에게서 얼굴을 돌리고 대웅전에서 나온다. 절 안에 있는 약수터로 가서 쭈그리고 앉는다. 손바닥에 물을 한 번 끼얹는다. 시원하다. 다시 바가지 가득 물을 떠서 입술로 가져간다. 물이 꿀꺽 잘 넘어간다. 나는 두 바가지의 물을 들이켜고 일어선다.

약수터 옆에는 커다란 바위가 있다. 잠시 그 바위를 일별한다. 그곳에 오빠가 앉아 있던 것이 떠올랐기 때문이다. 사십구재를 지낸 지 몇 달 지나지 않아서 있던 일이다. 이러면 어떡해? 자취를 감추었던 오빠를 찾아낸 안도감보다 걱정이 앞서서 물었다. 오빠는 자신을 찾아다니다가 부모님이 교통사고가 난 것을 자책했다. 그날 바위에 걸터앉아 있던 오빠는 나와 같이 절을 떠나는 대신 다른 절로 또 들어갔다.

나는 절 입구로 돌아선다. 희수가 지루한 얼굴로 나를 쳐다보고 있다.

비가 온다. 비에 젖은 낙엽들이 발아래 으스러지는 소리를 낸다. 그 위에 또 비가 떨어진다.

"절에서 혼자 살고 싶어."

"왜?"

"냄새가 좋아. 신선해서."

"신선하다고?"

희수는 하고 싶은 말을 꾹꾹 누르고 있는 듯 퉁명스레 대꾸한다. 비에 젖은 눈은 마스카라가 번져서 검은 눈물처럼 흘러내리고 있다.

"그래. 알아서 해."

왠지 불만이 가득 찬 목소리가 된다. 그러더니 아무래도 한 마디 해야겠다는 듯, 멈춰 선다. 희수는 한동안 빗방울을 노려본다.

"나 말이야."

희수가 무언가 선언하는 투다.

"사실은 미국에서 만난 옆집 남자하고 사랑했어. 여기 오기 전까지."

"뭐?"

남편밖에 모르고 살다가 한국에 왔는데 남편의 외도 때문에 배신감을 느낀다던 조금 전의 말이 아직 귓전에 남았는데

이게 무슨 소린가. 어리둥절해져서 희수를 쳐다본다.

"그건 미국에서의 삶이고. 이제 한국에 왔잖아. 다시 누군 가와 살아야 하는데 남편이 저렇게 심드렁하니."

희수가 나를 당당하게 마주본다. 내 놀라움을 조롱하는 듯 비웃음이 가득한 표정이다.

"언니, 지루한 얼굴 보니까 더 뛰쳐나가고 싶다."

"……"

"난 진창이라도 사람들과 섞여서 사는 게 좋아. 남편하고도 끝까지 같이 살 거야. 끝까지. 매달리고 매달려서 그 인간이 지쳐버릴 때까지. 언니 보고 있으니까 그런 생각이 든다. 왜, 이렇게 반항하고 싶어지지?"

희수의 눈에서 검은 눈물이 한 방울 툭 떨어진다.

"도대체 왜 그래야 되는데?"

"말했잖아. 난 혼자 사는 거 끔찍하다고. 누구라도 만나고 있어야 할 것 같다고. 아까 터미널에서 모인 사람들처럼 하다 못해 플래시몹이란 거라도 하고 살고 싶다고."

희수는 핸드폰을 꺼낸다. 전화가 온 모양이다. 그래. 그래 요. 활달한 남자의 목소리가 눅눅한 공기를 뚫고 내게까지 들 린다. 희수가 나를 힐끗 쳐다본다. 사랑해요. 희수는 들으라 는 듯 희수의 말대로 내게 반항하듯 남자에게 말한다. 핸드폰 을 주머니에 넣더니 잠시 어색하게 웃는다. 산에서 만난 남자야. 묻지도 않았는데 지레 털어놓는다.

"언제 만났다고, 벌써 사랑한다는 거야?"

"난 언제든 누구하고라도 금방 사랑할 수 있어."

희수의 목소리는 변명이 아니라 마치 비명 같다. 뜻밖에 웃음이 나온다.

"남편이 나 쳐다볼 때까지 이 남자하고 사랑하고 살 거야. 그렇게 살면 안 되는 거야?"

"안 될 건 없지."

내가 중얼거린다. 정확히 말하자면 안 된다고 할 자신이 내겐 없다. 우리는 더 이상 할 말을 잃은 사람처럼 시야를 가리는 빗방울만 뚫어져라 보며 걷는다.

"언니. 신선한 냄새가 좋다고 했지? 근데 왜 언니한테선 피썩는 냄새가 나는 거지?"

희수가 떠들고는 나를 휙 앞질러 가버린다. 나는 저만치 앞서가는 희수의 뒷모습을 보며 흐느적흐느적 걷는다. 나한테 냄새가 난다구? 그러다가 희수가 한 말이 생각나서 두 손을 코에 대고 킁킁거려보는 것이다.

소멸 연습

화단에 시클라멘이 활짝 피었다. 바람이 불 때마다 시클라멘의 흰 꽃잎이 떨어질 듯 아슬아슬하게 흔들린다. 여자는 무릎을 굽히고 시클라멘을 들여다본다. 흰 꽃잎에서 재 냄새가 난다. 열기를 다 빨아들이고 난 뒤의 매캐하고 서늘한 냄새다.

여자는 놀이터로 걸어간다. 놀이터 구석에 있는 그네에 올라탄다. 그네 줄을 쥐고 천천히 앞뒤로 왔다 갔다 한다. 그네가 올라가면 저녁 하늘이 눈앞에 펼쳐지고 그네가 내려가면 주황색 가로등 불빛과 아파트들의 형광등 빛이 보인다. 시간이 지날수록 하늘은 어두워지는데 지상은 전등 불빛에 더 밝아지고 있다.

그네가 하늘 위로 올라가면 큰길 건너에 늘어선 상가와 상가 주위의 포장마차가 한눈에 들어온다. 포장마차에 매달린 알전구가 알록달록하게 여자의 눈을 찔러댄다. 저 늘어선 포장마차에 앉아서 정오는 지금쯤 술잔을 비우고 있을 것이다. 반년 만에 정오는 여자를 찾아왔다. 여자는 더 높이 그네를 밀어 올린다. 점차 그네를 쥔 손이 아파오고 등줄기에 땀이 차오른다. 여자는 그제야 그네에서 내려선다.

놀이터는 텅 비었다. 여자는 시소에 올라가거나 정글짐을 오르내리다가 플라타너스 아래 벤치에 드러눕는다. 밤하늘에 달무리가 가득하다. 선명한 띠를 두르고 있는 것처럼 달무리의 바깥쪽이 거뭇하다. 하지만 달의 중심은 환하다. 아주 환해서 빛의 출구처럼 보인다. 그 출구에서 밧줄이 내려오고 누워 있는 여자의 몸을 밧줄이 감아서 달 위로 끌어당기는 상상을 하며 여자는 눈을 감는다. 이제 곧 달무리도 희미해질 것이고 희끄무레한 어둠만 남을 것이다.

여자는 눈을 뜨며 일어나 앉는다. 몸이 기우뚱하더니 중심을 못 잡고 휘청댄다. 시야가 컴컴하다. 또 찾아왔구나. 여자는 오래된 손님을 맞이하듯 혼잣말을 한다. 눈을 감은 채 벤치에 앉아서 한동안 머문다. 잠시 후 눈을 뜨면 두 가지의 경우의 수가 생길 것이다. 아무 일 없이 평소처럼 시야가 확보되거나 조금 선처럼 갑자기 찾아온 어둠이 지속되거나 둘 중

하나일 것이다. 시야가 밝아진다면 여자는 정오가 있는 포장마차로 갈 것이다. 여자는 천천히 눈을 떠본다.

여자는 포장마차에 들어선다. 정오는 늘 그랬듯이 포장마차 안의 왼쪽 네번째 의자에 앉아 있다. 여자는 그의 옆으로 다가가서 앉는다. 그가 여자를 힐끗 쳐다보더니 들었던 잔을 마저 비운다.

"주인장, 노래 좀 줄여주십쇼. 빗소리 듣게."

그가 말한다. 멋대로 자란 턱수염 때문에 그의 얼굴은 까칠해 보인다. 머리카락도 부쩍 긴 것 같고 볼은 푹 꺼져 있다. 주인이 라디오의 볼륨을 낮춘다. 빗소리가 제법 크게 들려온다. 그는 빗소리를 안주 삼아 소주를 계속 들이켠다. 혼자 술잔을 채우고 또 비우는 것을 반복한다. 술 마시는 속도가 점점 빨라진다.

"어머니가 돌아가셨어. 일주일 전에."

그가 지나가는 말처럼 툭 내뱉는다. 여자는 위로의 말 대신 그의 빈 잔을 채워준다.

그의 어머니라면 여자도 잘 알고 있다. 그의 빌라에서 머물던 날 그의 어머니가 찾아왔다. 백오십도 되지 않을 정도로 작은 키에 마른 몸을 한 노인이었다. 그 몸으로 커다랗고 불룩한 자주색 배낭을 등에 진 채 현관 안으로 들어왔다. 스티로폼 박스와 보따리를 들고 있어서 그 무게에 몸이 앞으로 고꾸라질 것 같았다.

줄담배를 피우던 정오가 여자에게 담배를 내민다. 여자가 담배를 피우지 못한다는 사실도 잊은 모양이다. 여자는 담배를 받아 입에 문다. 그가 라이터로 담뱃불을 붙여준다. 라이터에는 마야라는 글씨가 선명히 적혀 있다. 마야라면 환상이란 뜻 아닌가. 여자와 헤어져 지낸 지난 반년 동안 그는 다른 세상을 떠돌다가 온 사람처럼 낯설다.

"새벽에 일어나 보니 주무시는 것처럼 돌아가셨어. 워낙 고령이었고 심장병이 있었지만 갑작스러웠어."

그가 말끝을 흐린다.

"당신 어머니는 좀 어떠시고?"

그가 묻는다.

"어머니는……"

여자는 담뱃불을 끄고 허공을 바라본다.

"방에 누워만 계셔. 하루 종일 꿈쩍도 하지 않아."

최근 어머니는 시력이 급격히 나빠졌다. 아니 거의 시력이 상실되었다. 주변의 것만 보이고 대상은 흐려 보이는 망막 색소 변성증이라는 병을 앓고 있었다. 처음에는 밝은 곳에서 어두운 곳으로 이동할 때나 어두운 곳에서 밝은 곳으로 이동할 때 행동이 둔해지는 증상을 보였다. 그러다가 주변 상황이 잘 감지되지 않다가 터널비전이라는 시야 협착이 나타난 뒤부터 어머니의 증상은 심각해졌다.

의사는 망막의 주변에 분포한 빛을 감지하는 간상세포가 퇴화되었다고 진단을 내렸다. 그래서 시야가 점점 좁아지고 있다는 것이다. 그래서 어머니는 무엇에건 자꾸 부딪쳤다. 눈이 부신 현상 때문에 주변 상황을 판단하는 데도 상당한 장애를 겪었다. 그러던 것이 이제는 중심시력 상실로 이어져서 시력을 거의 잃는 단계까지 왔다. 십여 년 동안 서서히 진행되어왔던 병이다. 시간이 맹렬하게 어머니의 시력을 갉아먹고 시시각각 다가오는 소멸은 어떤 약으로도 늦출 수 없다. 이제 여자가 확실히 알게 된 것은 그것이다. 소멸 앞에서는 손쓸 도리가 없다는 것. 그 사실을 알아차리자마자 몸도 마음도 마비되어버린 것 같다.

"이젠 아무것도 안 보이나봐."

"저런!"

정오가 소주를 들이켠다. 비워진 소주병이 늘어간다. 포장마차 바깥의 빗소리가 빈 소주병 속으로 툭툭 떨어지는 소리를 낸다. 그럴 때마다 빗방울 소리가 공명하며 여자의 마음속으로 흘러드는 듯하다.

"아무것도 안 보이는 걸 생각해본 적 있어?"

"글쎄. 소중한 것을 잃었을 때 눈앞이 캄캄하다고 하니까.

그렇게 캄캄하겠지."

"캄캄하다?"

"어머니가 돌아가셨을 때처럼 마음은 어둡겠지."

"그리고?"

"그래도 보이지 않던 것이 보이기도 하지 않을까? 소리도 마찬가지지. 아마 더 잘 들리겠지. 특히 부서지는 소리 같은 거. 저 빗소리 잘 들어봐. 눈으로 보면 빗소리는 잘 안 들리지만 포장마차 안에 있으니까 빗소리가 크게 들리지 않아?"

바깥의 빗소리가 그가 덧붙인 말꼬리를 삼킨다.

"바닥에, 포장에, 자동차의 보닛에, 떨어지는 저 소리 말이야. 역설적이게도 빗방울이 부서지면서 강렬한 소리를 내는 거지. 어머니가 돌아가시자 어머니가 더 생생하게 곁에 있는 것처럼 느껴지듯이 말이야."

정오의 검고 무성한 눈썹이 꿈틀거린다. 여자에게 무언가 열심히 말할 때마다 더 자주 꿈틀거린다. 여자는 그의 눈보다 눈썹을 보면서 이야기를 나누는 버릇이 있다. 집에 돌아가면 여자의 뇌리에 그의 눈썹만이 확연히 떠오르기도 했다.

"우리, 처음 만났을 때도 그런 이야기 했지? 부서지는 것에 대해. 그땐 부서지는 게, 아마 폭포였을걸?"

그가 묻는다.

이 년 전, 여자는 무작정 여행을 떠났다. 그 여행길에서 정오를 만났다. 여자는 폭포를 보기 위해 걸어가던 중이었다. 먼 데서도 폭포는 보였다. 폭포 한가운데로 물기둥이 치솟아 올랐다.

"폭포 대단하죠?"

목에 카메라를 멘 그가 다가서더니 폭포를 가리켰다. 여자는 그가 가리킨 폭포 대신 낯선 그의 얼굴을 유심히 보았다. 흰 와이셔츠와 색 바랜 청바지를 입고 있었다. 표정은 어둡고 심각한데 있는 힘을 다해 목소리를 크게 내고 있었다. 반듯한 이목구비와는 달리 어깨에 닿아 멋대로 흐트러진 머리카락도 인상적이었다.

"저기 봐요. 물이 떨어진 자리에서 내뿜는 물기둥. 저게 마치 불타고 있을 때 내뿜는 연기하고 비슷하지 않아요?"

여자에게서 아무런 반응이 없자 그는 헛기침을 두어 차례 했다.

"모든 건 다 돌고 돌아요. 안 그래요? 천년 전에도 우리가 이 자리에 있었을지 몰라요. 우린 따지고 보면 어느 계곡에서 흘러다니다가 한곳에 모여서 떨어지는 폭포처럼 몇 번이나 만나고 헤어졌을지도 모르죠. 안 그래요?"

그는 오래 동행한 사람에게 말 걸듯 줄기차게 안 그러냐고 물어왔다. 말할 상대가 없어서 외로웠던 사람처럼 떠들었지

만 여자는 폭포 옆에 철교처럼 선명하게 피어난 무지개를 보
느라 넋이 빠져 있었다. 그가 뭐라고 더 떠드는 것 같았지만
여자는 건성으로 흘려들었다.

"내가 좀 엉뚱하죠. 그래요. 그럴 거예요. 폭포 보니까 왜
여행 오기 전에 죽어서 화장시킨 내 애인이 떠오르는지 모르
겠어요. 저 물기둥을 보면서 그 화장터 연기를 떠올리다니.
어이없죠? 사실은 여길 꼭 한번 같이 오자고 여행할 돈을 같
이 모으고 그랬거든요."

여자는 남자의 말을 반쯤 들으면서도 폭포에 정신이 팔려
있었다. 애써 폭포를 보고 있었다는 것이 맞았다. 수상한 말
을 내뱉는 남자에게 휘말려들고 싶지 않았다.

맞은편으로는 일직선으로 곧게 떨어지는 폭포가 보였다.
폭포에 가려서 보이지 않던 갈매기도 날아다녔다. 폭포는 바
위 위에 산산이 부서졌다. 폭포 가장 바깥쪽은 얼음 덩어리
들 같았다. 그 안쪽은 잘 갈아진 빙수처럼 보였다. 그리고 가
장 안쪽은 잘디잔 흰 거품이 되어서 추락했다. 추락한 물의
바닥이 보이지 않았다. 조각나서 치솟아 오르다가 연기처럼
피어올랐다. 물이 부서져서 물을 잃었다. 폭포를 더 가까이
에서 볼수록 산산이 부서져 조각난 물방울이 보일 뿐이었다.

문득 남자가 너무 조용하다 싶어서 그에게로 고개를 돌렸
을 때, 그는 주먹으로 눈물을 닦아내고 있었다.

"저기 부서진 폭포들도 다시 만나서 더 큰물로 가겠죠?"

남자는 애써 웃어 보이며 여자에게 물었다. 여자는 그의 손을 잡아주었다. 눈물에 젖은 손이었다.

"멍게 좀 주세요."

정오가 말한다. 포장마차 주인이 멍게 서너 마리를 집어서 도마에 올려놓고 다듬는다. 주먹만한 멍게가 시뻘겋고 울퉁불퉁하다.

"멍게가 꼭 당신 닮았는데 말이야."

그가 몸을 흔들면서 웃는다. 그가 웃기 시작하는 것은 취했다는 증거다.

"아니, 당신 몸속에 멍게가 몇 개씩 박혀 있었잖아. 못생기고 제멋대로인 벌건 열망 덩어리 같은 거. 그런데 그 멍게가 너무 컴컴한 주인을 만나서 밖으로 나오지도 못하고 썩어가고 있었지. 지금 당신 몸속에서 그 열망이 썩어 문드러진 건 아니지? 아냐. 좀 냄새가 난다."

정오는 여자의 몸에 코를 대고 큼큼대며 웃는다. 그러는 동안 포장마차 주인이 그 열망의 딱딱한 껍질을 칼로 찢어낸다. 속살이 접시에 담겨 나온다. 그가 멍게 한 점을 초고추장에 찍어 여자에게 내민다. 여자가 그것을 받아먹는다. 그것을 씹는 동안 컴컴하던 기분이 유채색처럼 환한 색으로 덧칠

된다. 쌉쌀한 맛은 분명 환한 빛의 맛이다. 벌건 열망 덩어리 멍게는 과연 환한 빛의 맛을 몸속에 가지고 있다.

정오의 말대로 여자가 환한 빛, 벌건 열망 덩어리였던 적도 있었다. 눈을 오래 감고 있거나 어둠 속에 오래 머물러 있을 때일수록 몸속에 숨어 있던 검붉은 덩어리가 스멀대며 움직였다. 대낮에도 느끼지 못했던 빛이 눈을 감으면 오히려 선연히 보이기도 했다.

여자는 어느 날 갑자기 어머니처럼 시력을 상실하게 될까 봐 노심초사하며 지내왔다. 십여 년 진행된 병이지만 원인조차 밝혀지지 않은 병이었다. 가족 중 누군가가 걸리면 다른 가족도 발병할 가능성이 매우 큰 병이라는 것은 확실했다. 지금까지는 무사하지만 현재의 무사함이 큰 의미가 있는 것이 아니었다. 여자는 지난 몇 년 동안 정기검진을 계속했지만 얼마 전부터 여자에게도 증상이 나타나기 시작했다. 병원에서는 이상이 발견되지 않았다는 말만 반복했다.

여자는 자신이 경주를 시작한 카레이서처럼 느껴졌다. 피가 마르는 기분이 들었다. 운이 좋으면 무사히 완주할 수도 있다. 하지만 서서히 움직이던 차가 어느 순간 가속도가 붙고 막바지로 치달아 급브레이크를 밟아야 할지도 모를 일이다. 그렇게 된다면 차는 뒤집히거나 어딘가에 부딪쳐서 산산조각 날 수도 있으며 낭떠러지로 추락할 것이다.

눈을 뜨고 있어도 사물을 분간 못하는 어머니를 보고 있으면 그 어둠이 늘 궁금했다. 눈이 먼 채 산다는 것이 어떤 것인지 가정해보면서 연습하기도 했다. 일부러 눈을 가리고 방에서 걸어 다녔다. 빛이 스미지 않고 아무것도 볼 수 없는 상황을 이어갔다.

'자, 세상의 아무것도 볼 수 없다고 상상해봐.'

길을 걷다가도 여자는 그렇게 주문을 걸고 눈을 감았다. 그런 뒤 더듬더듬 걷다가 눈을 뜨면 실제로 조금 전 보이던 모든 사물이 흐릿하게 보였다. 자주 가던 산길에서도, 저물녘에 들르는 음반가게나, 서점에서도 그런 연습을 수없이 했다. 소멸 연습은 할수록 오히려 어둠에 대한 불안을 더 키울 뿐이었다.

간혹 연습이 아니라 실제로 아무것도 안 보이기 시작했다. 극장에 가서 출입구 앞에 서서 한참 동안 서 있던 적도 있었다. 영화가 시작되는 소리는 들리는데 영상이 하나도 보이지 않았다. 실제로 시력을 잃어가는 것인지 안 보이는 연습의 습관 때문인지 헷갈릴 정도였다. 간신히 의자를 손으로 찾아내고 그 자리에 앉았다. 한참 뒤 시야가 조금씩 환해졌다. 잠시 뒤 대낮의 푸른 바다가 펼쳐지는 강렬한 빛의 영상이 눈앞에 펼쳐졌다. 저토록 환하고 푸른 바다가 화면 가득 펼쳐지고 있었는데도 조금 전에는 아주 캄캄했던 것이 믿어지지 않았다.

그날 여자는 다니던 직장을 그만두었다. 화실에서 아이들에게 그림을 가르치는 일이었다. 느리고도 느리게 캔이나 화분이나 과일을 스케치하는 아이를 가르치는 일을 계속할 수 없었다. 아이들의 4B연필을 뺏어 들고 쓱쓱 대신 선을 몇 개 그려주기도 했다. 선이나 윤곽도 잡지 못하고 일주일이나 보름을 보내는 아이들의 그 시간을 여자는 지켜볼 수 없어졌다. 가끔 선들과 흰 여백이 동시에 거무스름하게 보이기도 했다. 눈을 뜨고도 아이들이 데생하고 있는 과일이나 꽃들의 윤곽이 보이지 않았다.

화실을 그만둔 뒤 여자는 아무 일도 하지 못했다. 여름이 정점에 이르는 동안 아주 단순해졌다. 까만 티셔츠 한 장과 반바지 한 장으로 여름을 지냈다. 서둘러서 뭔가 해야 한다는 마음과 무엇을 서둘러서 하는 것이 아무 의미가 없다는 생각이 팽팽히 맞섰다. 화실을 그만둔 뒤 여자는 집에서 웅크리고 한 발도 나오지 않았다. 그즈음 눈만 감으면 꿈을 꾸었다. 제자리를 벗어난 것과 삐딱하게 보이는 모든 것. 거실에 놓인 먼지 앉은 전축이나 티브이와는 다른 무엇. 어둔 밤을 가려주는 휘황한 조명 같은 것. 그 빛의 조각이 어른댔다. 그 빛의 조각이라도 움켜잡아보겠다고 손을 휘젓고 다니는 꿈을 밤새 꾸었다.

'맞아, 빛……'

시야가 어두워질수록 빛에 대한 욕망이 오히려 더 치솟았다. 눈을 감은 채 아무것도 보지 못하게 될 세상을 상상하는 그 순간 오히려 파닥거리는 빛에 대한 욕망이 몸 구석구석에서 아우성치며 기지개를 켰다. 그럴 때마다 여자는 밤거리의 불빛 사이를 헤매 다녔다. 지쳐서 돌아와서 포장마차에 들어가면 정오가 여자를 기다리고 있었다. 함께 술을 마시고 그와 밤거리를 무작정 걸어 다녔다. 그는 요즘 그리고 있는 자신의 그림에 대해 주로 이야기를 했다. 그러다가도 술에 취하자 손을 잡고 포옹하고 아무 벽에나 여자를 밀어붙이고 키스를 했다.

그와 만나는 시간이 늘어날수록 그와 만나면 퍼덕여 보이던 빛이 보이지 않았다. 그를 만나는 일이 더 이상 신선하지 않았다. 그것은 또 다른 소멸이었다. 그와 만나던 동안 환하게 보이던 길도 깊은 어둠으로 가라앉고 있는 것을 목격하는 날이 늘어갔다. 그러자 여자는 견딜 수 없어졌다.

결국 여자는 방안에 칩거해버렸다. 동굴 같은 방에서 두더지처럼 움직이지 않았다. 그의 전화도 받지 않았다. 그 대신 불쑥 밤기차를 타러 가기도 했다. 기차를 타고 아무데나 내렸다가 맞은편 상행선 밤기차를 타고 유턴해서 아파트에 다시 돌아오는 날이 늘어났다.

반년 전, 정오와 헤어졌던 마지막 날 역시 여자는 혼자 떠난 기차 여행에서 돌아오던 길이었다. 어느새 새벽이었다. 아파트 문을 열자 정오가 소파에서 기다리고 있었다.

"남자 생긴 거야?"

여자는 대꾸하지 않았다. 아니라고 말해야 하는데 맞다고 말하고 싶었던 것이다. 사랑을 피하고 싶었다. 그가 빛이라고 여겼던 기억을 잊고 싶었다. 빛이 어둠으로 가라앉는 광경을 더 이상 목격하고 싶지 않았다. 그가 빛이라고 매달리는 것이 얼마나 무의미한 것인지 확인하고 싶지 않았다. 시력이 없어지고 있다는 사실을 받아들이는 것만으로도 벅차지 않은가. 그것만으로도 충분히 불안하지 않은가. 여자는 무기력해진 기분으로 그를 어서 내보내고 싶었다.

단지 여자는 뜨거운 물을 마시고 싶었다. 혀를 델 정도로, 입천장이 헐고 목구멍으로 쉽게 삼킬 수 없는 아주 뜨거운 물 한 컵을 마시고 싶었다. 마치 긴 여행에서 돌아온 이유가 어서 뜨거운 물 한 잔 마시기 위해서였다는 듯 물이 마시고 싶었다.

여자는 물을 끓이기 위해 주방으로 걸어 들어갔다. 주전자를 꺼내 가스 불 위에 올렸다. 물이 끓는 동안 우두커니 서서 주전자 주둥이에서 올라오는 김을 바라보았다. 어느 순간 주전자의 주둥이가 잘 보이지 않았다. 여자는 눈을 비볐다. 몇 번이나 그러기를 반복했다.

"뭐해. 이리 와."

그가 여자를 불렀다. 반응이 없자 그가 다가왔다.

"도대체 무슨 일이야? 밤마다 전화해도 안 받고. 나한테 전화 한 번 안하고. 정신 나갔어?"

정오가 끊임없이 물었지만 여자는 대꾸할 말이 없었다.

"아무 말도 못하는 걸 보니 분명히 뭔가가 있는 거야."

그의 추궁이 점점 더 집요해졌다.

눈이 금방 멀어버릴 것만 같아서 집에 있을 수가 없어. 뭐라도 봐야 할 것 같고, 뭐라도 느껴야 할 것 같아. 사람들이 떠드는 입을 봐야 할 것 같고.

여자는 가슴으로 넘어오는 말을 삼켰다. 누구에게도 납득시킬 자신이 없는 말이었다. 여자 자신에게도 설득시키지 못한 변명이었다.

그가 허공을 올려다보더니 여자의 눈을 뚫어져라 쳐다보았다. 그의 표정은 굳었고 표정은 싸늘했다. 그럼에도 밖으로만 나돌게 하는 자신의 불안에 대해 그에게 어떻게 설명할지 알 수 없었다. 여자는 덤덤하게 고개를 숙였다.

그는 여자를 벽으로 밀어붙이더니 한 손은 벽을 짚은 채 여자를 쳐다보았다. 여자는 물이 끓고 있다는 데 생각이 미쳤다. 갈증이 견딜 수 없이 심하다는 것, 아주 천천히 뜨거운 물을 날이 밝을 때까지 마시고 싶다는 생각밖에 들지 않았다.

물을 마시려고 돌아서는 여자를 그가 붙잡았다. 그러더니 식탁으로 밀어붙였다.

"말해. 무슨 일이야?"

"남자가 생겼어. 그러니까 이제 오지 말고 나가줘."

여자는 아무렇게 말을 해버렸다. 순간 그가 사정없이 여자의 얼굴과 몸을 때렸다. 비현실적으로 느껴지는 시간이 이어졌다. 통증조차 느껴지지 않았다. 남의 일을 구경하는 것처럼 무감각했다. 여자가 축 늘어지자 비로소 그는 여자를 때리는 일을 그만두었다. 여자의 코와 입에서 피가 터졌다. 피 비린내가 물씬 났다. 그 비린내를 여자가 쿵쿵대며 맡았다. 그제야 무슨 일이 벌어지고 있다는 실감이 났다. 무감각이 조금 찢어진 피부에서 나온 피처럼 조금 찢어진 것 같았다. 피 냄새가 무감각한 여자를 오랜만에 자극했다.

그는 휴지로 여자의 입가와 코에 묻은 피를 닦아냈다. 그런 뒤 주방으로 가서 가스 불을 껐다. 주전자의 물은 다시 식을 것이다. 여자는 그 생각밖에 나지 않았다. 물이 식기 전에 빨리 뜨거운 물을 한 잔 마셔야 한다는 생각으로 여자는 주방으로 걸어가기 위해 몸을 일으켰다.

"다시는 그러지 마. 알았어? 다시는."

그는 여자를 와락 안으며 말했다. 그런 뒤 여자를 주방의 바닥에 눕혔다. 눕혔다기보다 밀었다. 어느새 그는 여자의 몸 위로 올라와 있었다. 마치 면죄부라도 주듯 엄숙한 표정으로 그는 섹스를 끝냈다.

"그만 헤어져."

여자가 말했다. 그가 여자의 몸에서 내려갔다. 돌아서서 그는 옷을 입었다. 소파에 걸쳐놓았던 재킷을 팔에 걸치고 아파트에서 나갔다. 문이 닫히는 소리와 암전이 동시에 찾아왔다.

"빗소리가 제법이군."

정오가 포장마차 끝자락을 들추며 밖을 내다본다. 반년 전 일을 그는 까마득히 잊은 것일까. 주황색 가로등 불빛에 빗줄기도 주황색으로 물들며 내리고 있다. 그가 라이터를 켰다 껐다 하고 있다.

"우리가 데이트하던 마야 생각나?"

그가 묻는다.

"그때 당신 참 신선했지. 웃으면 하얗게 물방울이 튀어 오르고 말이야. 그럴 때마다 붙잡고 싶어서 내가 허둥댔지. 몸살이 날 지경이었어."

여자는 그제야 그가 프레시라는 말을 제일 좋아했다는 것이 기억난다. 처음 봤을 때 참 프레시한 여자구나 했어요. 그의 첫마디는 그랬다. 다른 여자들과 달리 프레시하게 옷을 입네. 프레시해 보여. 프레시 프레시…… 참 이상한 일이라고 생각했다. 그때 여자가 입었던 옷은 온통 검은색 티셔츠밖에 없었다. 시력이 불안해서 내내 우울하던 때였으니까. 그런데 그는 여자에게 밝다, 환하다, 신선하다고 했다. 그는 회나 갓 따온 딸기나 갓 담근 겉절이나 양상추 같은 신선한 것을 즐겼다. 그러면서도 시어빠진 김치나 쿰쿰한 젓갈이나 홍어회 같은 것을 즐기는 여자에게 신선하다고 했다. 그런 걸 좋아하다니, 신선한걸. 그렇게 아무렇게나 입고 돌아다니다니, 신선한걸. 그런 식이었다.

정오가 계속 라이터를 만지작거린다. 여자는 그의 눈썹을 한번 만져보고 싶다는 욕망이 치올라오는 것을 지그시 누른다. 그의 손이 여자의 손을 잡는다. 여자의 손은 차디차고 그의 손은 뜨겁다. 만지작거리다가 손가락을 깍지 끼어 잡는다.

그러고 보니 반년 동안 그와 한 번도 만나지 않은 것이 아니었다. 딱 한 번 그가 여자의 아파트로 와서 여자를 납치하다시피 차에 태웠던 날이 있었다. 그는 그날 저수지로 갔다. 저수지의 주변은 온통 빨간색 알전구로 구역 표시가 되어 있었다. 조금이라도 방심하면 알전구 밖으로 미끄러져서 차가 물속으로 빠져버릴 것 같이 경사가 심한 저수지 주차장에 그는 차를 세웠다. 저수지의 수면에 알전구의 붉은 불빛이 비춰졌다. 그가 차 시트를 뒤로 젖혔다. 잠을 자도 될 만큼 의자가 평평하게 눕혀졌다.

"연락해도 안 되고."

정오가 무겁게 입을 열었다.

"연락하지 말라는 소리인가 했고."

정오가 팔을 뻗어 여자의 머리를 어깨에 기대게 했다. 여자는 깊이도 넓이도 주변도 잘 가늠되지 않는 어두운 저수지를 망연히 바라보았다. 그는 담배부터 물었다. 라이터 불이 잘 켜지지 않았다. 불을 붙이는 손끝이 떨리고 있었다. 불이 켜지자 라이터의 마야라는 상호가 다시 한 번 눈에 들어왔다. 마야. 환상. 여자는 막연히 그런 생각을 하고 있었다. 세 개비의 담배를 피운 뒤 그는 고개를 들어 여자를 보았다. 먼 여행에서 돌아온 사람처럼 지치고 피곤해 보였다. 이마의 푸른 힘줄이 터질 듯 팽팽했다. 그가 여자의 몸을 끌어당겼다. 여자는 고개를 외로 꼰 채 시트의 냄새를 맡았다. 시트의 가죽 냄새가 늘어져 있던 여자의 기운을 회복해주었다. 냄새는 무채색에서 유채색으로 시야를 트여주는 듯했다. 그는 몸을 만져도 아무런 반응이 없는 여자에게 지친 듯 핸들을 잡았다. 여자는 반듯하게 앉아 정면을 보았다. 알전구의 불빛이 저수지 속으로 남김없이 빠져 들어갔다.

"가자. 이제."

그의 목소리가 갈라졌다. 말을 해놓고도 그는 한참 뒤에야 시동을 걸었다.

"안전벨트 매야지."

그는 한동안 움직이지 않고 정면만 바라보았다. 그의 눈썹이 꿈틀거렸다. 그가 차창 밖으로 담배를 던졌다. 담배꽁초가 저수지 쪽으로 휘익 날아오르다가 떨어졌다.

그와 함께 포장마차에서 나온다. 포장마차에서 나오자마자 그와 택시를 타고 그의 빌라로 들어선다. 괘종시계는 세 시를 가리키고 있다.

그는 여자가 누운 침대 옆에 나란히 눕는다. 눈을 크게 뜨고 여자를 골똘히 쳐다본다. 여자는 그런 그의 두 눈을 손으로 감겨준다. 그래도 그는 금세 눈을 뜨고 다시 여자를 바라본다.

"우리 결혼하자."

그가 말한다. 대답을 기다리듯 그의 손이 여자의 입술을 만진다.

"가만있어봐. 잠시만."

여자는 이 모든 상황을 정지시키기 위해 일어선다. 여자의 얼굴을 만지려던 그의 손이 주춤한다. 여자는 일어나서 목욕탕으로 들어간다. 거울 속에 비친 여자는 낯설다. 광대뼈가 불거진 얼굴. 손가락으로 빗질해서 넘긴 생머리와 맨발. 여자는 거울에 이마를 댄다. 거울을 사이에 둔 두 여자는 서로 전혀 모르는 사이처럼 더 이상 서로를 쳐다보지 않는다.

"빨리 나와."

정오가 목욕탕 문을 두드린다.

여자는 알았다고 대답해준다. 돌아서는 순간 앞이 하나도 보이지 않는다. 또 시작이군. 여자는 타일 바닥에 웅크리고 앉는다. 눈을 감은 채 한참 동안 움직이지 못한다. 그러다 다시 눈을 떠본다. 시야가 아주 조금씩 밝아온다. 여자는 문을 열고 욕실에서 나온다. 여자가 나오자 그가 욕실로 들어간다. 샤워기의 물이 쏟아지는 소리가 시야를 차단할 듯 아찔하게 들려온다. 여자는 서둘러 옷을 입는다. 현관문을 열고 아직 컴컴한 골목길로 발을 내디딘다.

여자는 삼십 분이 넘도록 골목을 헤매 다닌다.

차가 다니는 큰길로 가는 방향을 찾지 못해서 계속 골목만 돌고 있다. 밤새 내린 비 때문에 개울 물 흐르는 소리가 사방에 가득하다. 헤매 다니는 동안 여자의 몸은 자꾸 떨려온다. 물은 제 길을 찾아서 거침없이 흘러가지만 여자는 방향도 모르는 길에 서서 헤매는 것이다.

차도를 찾아 헤매는데 어느 골목에서 사람이 나온다. 여자는 등을 잔뜩 구부리며 걸음을 재촉한다. 등뒤에서 금방이라도 여자를 덮치고 팔을 낚아챈 뒤 외진 곳으로 끌고 갈 것만 같다. 시간이 지날수록 여자는 자신이 새벽의 텅 빈 골목길을 방향도 찾지 못한 채 뱅뱅 돌고 있는 유령 같다.

골목 저편에서 나타난 사람의 발소리가 점점 여자에게로 가까워지고 있다. 어서 앞질러 가라. 여자가 속으로 외친다. 여자에게로 계속 따라붙고 있는 발소리가 난다. 거리가 가까워지자 여자는 차라리 그의 빌라로 되돌아가는 게 낫겠다고 결정한다. 나왔던 길로 돌아가는데 도무지 그의 빌라가 어느 골목이었는지 알 수가 없다.

낯설고 어두운 길 위에서 여자는 혼자 눈을 홉, 뜨고 물소리가 나는 방향을 가늠해본다. 어렴풋이 방향을 잡아 골목을 거슬러 올라간다. 빌라가 무수히 서 있는 곳까지 걸어갔지만 모두 비슷비슷하다. 어떤 것이 그의 빌라인지 알 수가 없다. 그렇다고 이른 새벽 아무 집 초인종이나 누를 수도 없다. 초저녁에 집에서 나올 때부터 전화기는 아예 가지고 오지 않았다. 그러니 그에게 연락할 방법도 없다.

그의 빌라의 특색을 떠올려본다. 다만 다른 빌라보다 입구가 조금 돌출되어 보였다는 것이 기억에 남은 전부다. 한 블록 더 갔지? 여자는 골목으로 더 깊숙이 들어간다. 그는 여자가 지금 헤매고 있을 것이라고는 상상도 못할 것이다.

여자를 뒤쫓던 사람의 발소리가 요란하다. 어느새 다가신 사내의 손이 여자의 눈을 가리고 입을 막는다. 술냄새가 진동한다. 아, 사내가 결박 짓듯 여자의 팔을 더욱 힘주어 잡는다. 여자가 소리 지르며 팔을 빼려 해도 속수무책이다.

사내의 손에서 역겨운 냄새가 난다. 내장에서부터 역겨움이 올라온다. 이런 게 네가 원하는 거잖아. 이렇게 캄캄한 게. 그래서 혼자 끝장나는 것이. 여자는 자신을 내어던지듯 자포자기하며 내뱉던 말을 떠올린다.

하지만 지금 이 순간 마음속에서 올라오는 것은 제발 살려달라는, 제발 놓아달라는, 제발 해치거나 상처 내지 말아 달라는 외침이다. 벗어나려 할수록 사내의 팔힘은 더 세진다.

그때였다. 랜턴 불빛이 사내와 여자를 향해 비춰진다. 사내가 벌떡 일어서더니 후다닥 골목 저쪽으로 달아난다. 랜턴을 든 사람이 여자에게로 뛰어오는 소리가 난다. 여자는 그 불빛을 향해 두 눈을 부릅뜬다. 그리고 온 힘을 다해 도와달라고 소리친다. 여자에게 가장 큰 어둠은 앞으로 닥칠 어둠이 아니라 지금 이 순간의 어둠이다.

"괜찮아?"

분명 정오의 목소리다. 그가 여자를 와락 껴안는다.

"왜 그렇게 도망 다녀?"

그가 여자를 더욱 깊이 껴안는다.

"그게 뭔지 난 모르지만, 그만 도망치고 차라리 들이대면 안 되겠어?"

　정오가 말한다. 그러자 여자는 하루 종일 참고 참았던, 어쩌면 해가 지기 시작하고 시클라민에서 차가운 재의 냄새를 맡은 그 순간부터 참고 참았던, 아랫배에서부터 올라온 오열을, 기어이 터뜨리고 만다.

미로

여자는 이층 유리창 아래를 내려다본다. 지하철역 광장에 아침 햇살이 팽팽하게 비춰든다. 어둠 속에 구겨져 있던 온 갖 사물들이 아침 햇살에 주름을 펴는 시간이다. 광장 왼쪽에 조성된 소나무 숲에도, 화단 경계석에도, 투명한 햇살이 들어 찬다. 광장 바닥에 떨어져 내린 햇빛 조각을 비둘기들이 쪼아 대고 있다. 순간 지하철 7번 출구에서 한 무리의 사람들이 쏟 아져 나온다. 사람들은 버스 정류장으로 휩쓸려가거나 횡단 보도 앞으로 몰려간다. 순식간에 지하철 7번 출구는 텅 비어 버린다. 하지만 오늘도 빨간색 배낭을 멘 남자는 7번 출구 앞 에 미동도 없이 서 있다. 반삭한 머리와 창백한 얼굴, 비쩍 마 른 몸매도 여전하다. 남자는 왼발은 약간 앞으로 내밀고 팔꿈

치는 허리춤에 바짝 붙인 채 허공에 시선을 고정시키고 있다. 윗니로 아랫입술을 내어 밀듯이 프, 쓰, 라고 반복해서 외쳐 댄다. 봄부터 여름이 다 지날 때까지 저렇듯 7번 출구 앞에서 움직이지 않는다.

1번 전화기에 빨간 불이 깜박인다. 여자는 상담 테이블로 돌아서서 수화기를 든다. 상담실입니다. 수화기 저쪽에서 신음이 들려온다. 저기요…… 막 변성기에 들어선 목소리가 튀어나온다. 네. 무엇을 도와드릴까요? 여자는 잠시 기다린다. 거기가 자꾸 간지러운데 어떻게 해요? 그거 말이에요. 가랑이 사이…… 나른하게 늘어지는 목소리가 이어진다. 아이는 외설적인 이야기를 늘어놓을지도 모른다. 지금 수화기를 든 채 사타구니를 긁거나 바지를 내린 채 자위행위를 하고 있을지도 모르고. 많이 불편하겠네요. 아이가 키득거리며 네, 라고 대꾸한다. 동시에 수상쩍은 신음이 이어지더니, 뚜—하며 신호가 끊긴다. 여자는 수화기를 내려놓고 상담실 문 옆의 세면대 앞으로 걸어간다. 상담이 순조롭지 않으면 여자는 늘 손을 씻는다. 손바닥에 물을 받고 투명한 물빛을 내려다본다. 아니, 손바닥에 그어진 붉은 선을 본다. 손바닥 가운데를 가로지른 운명선보다 붉은 선이 더 길고 선명하다. 어젯밤 칼끝을 쥐던 통증 역시 길고 선명했다. 더 힘주어 칼을 쥘수록 칼끝에 눌린 흔적도 비례해서 깊어갔다. 여자는 검지로 손바닥의 붉은 선을 몇 차례 문지른다. 그런 뒤 손바닥 가득 비누칠하여 거품을 한꺼번에 씻어낸다.

상담실 옆 창으로 YMCA 사무실이 보인다. 직원들이 활기 있게 움직이고 있다. 갑자기 네 평 상담실이 비좁게 느껴진다. 여자는 책장에서 책을 한 권씩 빼낸다. 책장 깊숙이 꽂힌 책을 빼내어 빈 공간을 만든다. 책장이 비자 숨통이 트인다. 꺼낸 책을 모두 쇼핑백에 담는다. 쇼핑백에 책이 가득 차면 책상 아래 구석에 내려놓는다. 집에서도 마찬가지였다. 어제도 그제도 여자는 퇴근만 하면 집안의 물건을 하나씩 포장했다. 쇼핑백이나 비닐백, 박스가 방구석마다 가득 찼다. 그것을 보고 있으면 흥분이 일었다. 그 흥분은 정우와 격렬히 껴안았을 때의 설렘 같았다. 그런 낯선 감정 때문에 여자는 더 자주 서랍을 뒤지고 물건을 박스에 담았다. 처음 짐을 싸기 시작한 날은 비가 많이 쏟아지던 저녁이었다. 목련 나뭇잎에 빗방울 떨어지는 소리가 유독 요란하게 들려왔다. 개울 옆에 서서 물소리를 듣고 있는 것처럼 빗소리가 몸에 새겨지듯 생생했다. 여자는 빗물을 저벅저벅 밟고 다닐 정우의 모습을 떠올렸다. 늘 슬리퍼를 끌고 다녀서 햇볕에 새까맣게 그을린 맨발. 발가락의 작은 뼈들이 유독 도드라졌던 발을 기억했다. 그가 곤히 잠들었을 때 이불 밖으로 나온 맨발을 여자는 손으로 만지곤 했다. 메마른 그 발은 훌쩍 떠날 것처럼 가벼워 보였다. 지금 그는 어느 골목을 걷는 중일까. 라디오를 켤 때마다 지진 소식이 귀에 박혔다. 그가 혹시 그 부근을 지나지는 않았을까. 그럴 때마다 여자는 서랍장을 열고 가지런히 정돈된 물건들을 끄집어냈다. 목걸이와 귀걸이, 반지, 학용품, 화장품도 꺼냈다. 방안은 도둑이라도 다녀간 것처럼 어수선해졌다. 여자는 물건을 쇼핑백에 담거나 쓰레기봉투에 넣었다. 하루에 한두 개의 짐이 늘어갔다. 이사 가도 되겠어. 여자는 자주 중얼거렸다. 어디로 가겠다는 계획조차 없었다. 가지런한 것을 흩트려놓았을 뿐인데 여기까지 와버렸군. 여자는 텅 빈 거실을 밤새 서성거렸다.

화요일은 상담이 뜸한 편이다. 여자는 지하철역 광장 너머의 도로를 바라본다. 녹색 인도와 살구색 자전거 도로가 선명히 구분되어 있다. 정우는 인도와 자전거 도로의 경계선을 밟으며 걷는 것을 좋아했다. 인도의 보호벽 옆을 걸으면 가슴이 답답해져. 자전거 전용도로로 걸으면 자꾸 경적이 울리고 말이야. 인도조차 이등분해서 방향을 지시하는 것이 이 도시가 하는 짓이야. 정우가 윗옷 단추를 풀어헤치며 떠들던 것도 반년 전의 일이 되었다. 인도와 자전거 도로 옆으로는 6차선 도로가 시원하게 뚫려 있다. 출퇴근 시간이 지나면 건물과 주차장이 사람과 차들을 진공청소기처럼 다 흡입한다. 그 대신 가로수 그늘이 하루 종일 아스팔트 위를 훑고 다닌다. 가로

수 뒤편으로는 회색 아파트 단지들이 붙어 있다. 단지들을 끼고 극장과 헬스장과 마트와 사우나장이 종합선물세트처럼 이어진다. 이 도시는 인공 폭포와 잘 조성된 공원까지 완벽하게 쾌적한 곳이다. 하지만 정우는 늘 미로를 꿈꾸었다. 복잡하고 무질서한 미로를 헤맸어. 자다 말고 일어나서 중얼거리거나 다시 누워도 자꾸 몸을 뒤척거렸다. 그러다가 결국 그는 이 도시에서 떠났다. 하지만 정우가 떠난 이곳은 오늘도 일상이 반복되고 있다. 공원이나 도로나 아파트 단지에는 운동복을 입고 비슷한 동작을 하며 걸어 다니는 사람들 천지다. 여기는 지상의 천국이야. 하늘 아래 이보다 더 좋은 데는 없어. 사람들은 한마디씩 인사를 건넨다. 자전거를 탄 아이들이나 깍지 끼어 손을 잡고 벤치에서 떠드는 연인, 배드민턴 치는 노인의 모습이 더없이 만족스러워 보인다.

여자는 컴퓨터의 마우스를 쥐고 커서를 움직인다. 미로라고 단어를 입력한다. 그러자 미로에 대한 많은 정보들이 화면에 한 페이지 가득 나타난다. 그중에서 미로, 페즈라는 단어가 눈에 띈다. 마우스로 페즈를 클릭한다. 모로코에 있는 도시. 최대의 미로. 고도이자 험준하기 그지없는 미들 아트라스 자락에 위치. 구도시의 반경은 2킬로미터에 불과한데 골목의 길이는 70킬로미터. 반경의 35배에 가까운 골목길. 팔천 개가 넘는 길은 한번 들어가면 찾아 나오기 힘들 정도. 미로를

즐기는 여행지로는 최상의 장소. 페즈…… 정우가 가고 싶어
하던 미로도 저렇듯 팔천 개가 넘는 길이 구부러진 곳일까.
여자는 미로를 검색하는 동안 정우에 대한 그리움과 원망이
점점 더 가슴에 차오른다. 페즈라는 검색어 창을 닫고 메일함
으로 이동한다. 휴면 메일이라서 수신이 되지 않습니다, 라는
응답이 와 있다.

　어젯밤에도 그 메일을 확인한 뒤 여자는 식탁으로 가서 술
을 마셨다. 정우가 늘 하던 말이 술을 배워보라는 것이었다.
술을 한번 마셔봐. 섹스나 연애, 영화보다 더 좋은 친구야, 라
고 늘 말했다. 떠나기는 쉽지. 무책임하게. 그에 대한 분노는
늘 여자의 술안주가 되었다. 소주 한 병에도 취하지 않는 날
이 있고 맥주 한 잔에 취해버리는 날도 있었다. 술을 마신 뒤
울음이 복받쳐 오르기도 했다. 그런 날이면 울음소리가 여자
를 사로잡았다. 여자는 그런 자신의 울음소리를 따라 들어갔
다. 내면의 끝자락에 다다르면 키 작은 정우가 거리를 배회하
는 모습이 드러났다. 정우의 모습은 여자의 유년 시절과 겹쳐
졌다. 기억 속의 아이는 늦은 밤에 길을 잃고 전등 불빛을 무
작정 따라가는 중이었다. 전등 불빛은 어디서나 한결같이 주
황색이었다. 불빛이 아이의 작은 몸을 삼킬 듯 무시무시하게
흔들렸다. 그래도 밤거리에 매달린 전등만이 아이에게 길을
찾아줄 유일한 단서였다. 문제는 타원형 모양으로 나열된 전

구가 골목 어디에나 똑같다는 것이었다. 아무리 헤매도 전등은 똑같이 흔들렸다. 낯선 골목을 벗어나지 못한 채 길을 못 찾을까봐 아이의 얼굴은 두려움에 얼어붙었다. 새엄마와 헤어진 길 입구조차 찾을 수 없었다. 기다리고 있으면 데리러 오겠다는 말을 남긴 새엄마는 다시 그 길로 들어서지 않았다. 어린 시절의 기억에 빠져 있다가 여자는 조금씩 울음을 멈췄다. 그 울음소리도 더 이상 갈 수 없어진 막다른 골목에 다다라 있었다. 그런 시간이 지나면 여자는 기진해서 방으로 들어갔다. 짐을 싸서 늘어놓은 쇼핑백들 사이에 여자는 웅크리고 누웠다. 그때마다 무덤을 찾아 헤매는 꿈을 꾸었다. 들판을 지나 바닥을 드러낸 하천이 보였다. 여자는 십여 미터도 넘는 다리를 건너서 뒷산에 올랐다. 진달래꽃이 활짝 피었다. 사고로 세상을 떠난 아버지의 모습이 꽃잎마다 새겨져 있었다. 그 꽃잎이 바람에 이따금씩 흔들렸다. 여자는 아버지의 산소를 한나절 동안 찾아다녔다. 주변의 봉분이나 나무들이 비슷한 크기와 모양으로 늘어서 있었다. 고만고만해서 구별해낼 수 없는 무덤을 찾아서 헤매 다녔다. 여자에게 가장 끔찍한 일은 낯선 곳에서 길을 찾는 일이었다.

7번 출구 앞에는 빨간 배낭을 멘 남자가 여전히 입을 달싹이고 있다. 남자는 어쩌면 페즈라고 외치고 있는 것 같기도 하다. 며칠 전 퇴근길에 그 남자를 따라간 적이 있었다. 그날은 남자가 늘 서 있던 7번 출구 앞으로 여자가 다가서던 중이었다. 7번 출구 앞에 서 있던 남자가 허리를 구부리더니 발아래 놓였던 빨간색 배낭을 집어 들었다. 그런 뒤 남자는 버스 정류장으로 뚜벅뚜벅 걸어갔다. 졸지에 여자는 남자의 뒤를 따르는 것처럼 되고 말았다. 이윽고 남자는 버스 정류장 앞에 멈춰 섰다. 222번 시외버스에 남자가 올라탔다. 늘 미동도 없이 서 있던 남자가 버스에 올라타는 것 자체가 여자에게는 충격이었다. 여자는 강한 호기심에 이끌려 엉겁결에 남자를 뒤따라 승차했다. 버스 안에서 남자는 무표정하게 바깥만 내다보았다. 내릴 곳에 대해서 신경 쓰는 것 같지도 않았다. 버스는 점차 신도시를 벗어나서 구도시로 진입했다. 이제 그만 내려야 하지 않을까. 여자는 차창 밖의 낯선 풍경을 자꾸 살폈다. 신도시에서 멀어질수록 여자는 불안했다. 신도시로 입주한 뒤 단 한 번도 다른 곳으로 나가본 적이 없었던 것이다. 종점이 가까워서야 남자는 비로소 버스에서 내려섰다. 여자도 무엇에 이끌린 것처럼 남자를 뒤따라 내렸다.

남자가 내린 곳은 무질서해 보이는 사거리였다. 높은 건물과 낮은 건물, 단독주택과 아파트가 뒤섞여 있었다. 신도시에서는 볼 수 없는 전선이 하늘을 조각내어 잘라놓았다. 위치를 알려주는 표지판도 보이지 않았다. 예측할 수 없이 나타나는 길과 건물들. 탁 트인 것 같다가도 엉겨버리는 길을 남자는 배회했다. 그 남자의 뒤를 쫓던 여자는 한순간 남자를 놓치고 말았다. 얼마나 헤매 다닌 걸까. 이윽고 부동산이 보였고 여자는 그곳으로 들어섰다. 이사 올 거예요? 글쎄요. 그건 아니고…… 여자가 애매하게 대답했다. 주인은 마침 부근에 내놓은 집이 많아서 마음만 먹으면 내일이라도 이사를 올 수 있다고 귀띔해주었다. 내일이요? 여자의 되물음에 여주인이 웃었다. 내일이라도 이사할 수 있다는 것이 왜 놀라운지 의문이라는 표정이었다. 빌라 나온 거 있는데 지금 보여드릴까요? 주인이 덧붙였다. 저, 사실은 그게 아니고 여기가 어딘지 좀 알고 싶어서요. 여자는 벽에 걸린 지도 앞으로 다가섰다. 하지만 지도의 방위조차 잘 가늠되지 않았다. 그거 봐서는 몰라요. 직접 나가봐야 어딘지 알 수 있죠. 일단 집을 보면 마음이 동할걸요. 아주 깨끗하고 전망이 좋은 집인데. 주인은 계속 빌라를 한번 보라고 부추겼다. 주인의 말을 듣고 있는 동안 늘 이사를 가고 싶어하던 정우가 떠올랐다. 땅이 있고 골목이 있는 곳으로 이사 가자고 그는 입버릇처럼 말했다. 그가 떠나기 전까지 한 번도 그 말을 심각하게 받아들이지 않았다. 여자는 이미 상담실에서 자리도 잡았고 도시의 주가도 높아가는 중이었다. 도시가 성장하면 여자도 덩달아 성장할 것이었다. 그것이 도시의 사람들이 그 도시를 떠나지 못하는 가장 큰 이유 중 하나이기도 했다. 여자가 지도를 쳐다보고 있는 사이 주인은 차 키를 집어 들었다. 여자가 밖으로 나오자 주인은 승용차에 타라고 재촉했다. 어쨌든 이곳을 벗어나야 했으므로 여자는 일단 차에 올라탔다. 어두운 골목을 지나 주인은 빌라가 늘어선 곳에 차를 주차시켰다. 여자는 주인에게 이끌려서 그중 한 군데의 빌라로 들어섰다. 낮에 보면 또 다르니 시간 내서 다시 보라고 주인이 말했다. 몇 군데를 더 보여 주겠다는 주인에게 대답 대신 여자는 신도시로 가는 버스 정류장을 물었다.

7번 출구에 서 있던 남자를 뒤쫓아 낯선 곳에서 헤매다 돌아온 그날 이후 여자의 퇴근길은 애매해졌다. 집으로 바로 가는 것보다 낯선 곳으로 가는 버스를 타고 싶어진 것이다. 낯선 곳으로 가는 것을 포기하고 곧바로 집으로 가면 후회의 감정이 올라왔다. 집으로 가는 길의 아름답던 장미 넝쿨조차 표지판이나 칸막이처럼 보였다. 어디를 가나 조경된 꽃을 보면 오히려 멀미가 치밀기도 했다. 도시 곳곳에 무더기로 심어진 메리골드 옆을 지날 때면 역한 냄새 때문에 코를 싸쥐었다. 메리골드는 멀리서 볼 때는 황금색 꽃잎마다 빛이 나던 꽃이었다. 꽃이 흐드러진 거리를 걷는 것에 대한 거부감이 자주 올라왔다. 어김없이 들어찬 비슷한 것의 나열이 고통스러워지기 시작했다.

따르르릉.

전화벨이 요란하게 울린다. 가출을 반복하는 아이에 대한 상담 전화다. 아이의 엄마는 상담 중에 자주 침묵에 빠진다. 매일 두시만 되면 상담 전화를 해오던 수아 엄마도 그랬다. 한숨 반, 이야기 반이었다. 좀 크게 말씀해주세요, 라고 수없이 부탁했던 그 낮은 목소리도 열흘째 끊겼다. 저어, 가출한 아이는 지금…… 여자가 침묵에 슬쩍 끼어들려는 순간 전화가 툭, 끊어진다. 십여 분 기다려도 전화는 다시 오지 않는다. 전화기 사이에 놓인 화분에 허브가 말라 있는 것이 눈에 띈다. 정우가 떠나면서 두고 간 허브. 금방 돌아올 거지? 여자는 화분을 받는 대신 물었다. 정우가 화분을 전화기들 사이에 내려놓았다. 그런 걸 왜 묻고그래. 하도 재미없어서 떠나는 사람한테. 그가 시선을 외면하며 소리 내어 웃었다. 정우는 즐거운 소풍이라도 떠나는 사람 같았다. 추리닝 바지와 도복 같은 흰색 상의를 입은 채 작은 배낭을 멨다. 얼굴 가득 환한 미소가 눈부셨다. 손을 내밀어서 그의 여행을 진심으로 축하해줘야 할 것 같았다. 그가 떠나는 모습을 내려다보려 했지만 그는 건물 뒤편으로 사라졌다. 그 순간 수아 엄마에게서 전화가 왔다. 그날이 바로 수아 엄마가 첫 상담 전화를 해온 날이었다. 수아 엄마는 전화기를 붙들고 내내 울었다. 며칠 뒤 수아가 돌아왔다고 다시 연락이 왔다. 전혀 다른 아이가 된 것 같아요. 내 딸 같지 않고 정말 낯설다니까요. 수아는 어디에 갔다 온 것일까요. 물어도 대답해주지 않네요. 돌아오면 정말 잘해주려고 했는데 배신감 때문에 손도 잡아주지 못했어요. 수아 엄마는 한숨을 내쉬었다. 그런 뒤 거의 매일 상담 전화를 걸어왔다. 아이가 잘 때나 목욕할 때, 잠시 친구 만난다고 외출했을 때도 통화를 하고 싶어했다. 상담을 할 때는 안심이 되는데 전화를 끊고 나면 불안하고 막막하다는 것이다. 아, 물론 그래요. 60평 아파트에서 내다보는 창문 밖은 숲속처럼 멋있어요. 그런데 말이죠. 참 이상해요. 언제부턴가 그 풍경을 보고 있으면 늘 아이가 이 도시에서 불시에 흔적도 없이 삼켜질 것 같단 말예요. 이 도시에서 우리 아이는 아무래도 너무 연약하지 않나요? 그래서 난 아이가 집에 있을 때조차도 이 방 저 방 문 열고 아이가 있는 것을 확인해야 안심이 된다니까요. 아, 어쩌면 좋아요. 수아 엄마의 하소연이 연일 길어지더니 기어코 일이 터졌다. 수아가 다시 가출했다는 전화였다. 그런 뒤 며칠 동안 수아 엄마에게는 아무런 소식이 없다.

어떻게 하면 좋을까요? 내담자는 수없이 묻는다. 그럴 때마다 여자는 지금 가장 원하는 게 무엇인지 되묻는다. 퇴근해서 집에 돌아오면 지금 가장 원하는 게 무엇인지, 끝없이 대답을 재촉하는 것은 여자 자신이다. 그 질문에 붙들린 날이면 여자는 술을 더 많이 마셨다. 매일 한 시간만 마시기로 한 자신과의 약속은 지켰지만 빈 병은 두 배로 늘어갔다. 술을 마시면 단정한 자신의 모습이 허물어지고 억눌렀던 내면이 흘러나와서 살만해졌다. 여자는 술을 비우고 혼자 떠들고 웃었다. 그와 지냈던 시간을 반추하느라, 혹은 서러워져서 울음이 이어졌다. 울음을 자를 방법은 하나밖에 없었다. 여자는 싱크대 서랍을 열어서 칼을 꺼냈다. 칼날은 손에 쥐는 것에 공포를 느낄 만큼 날카롭지 않았다. 그렇다고 손바닥 안에서 통증을 느끼지 못할 만큼 무딘 것도 아니었다. 삼십 센티 중간 크기의 칼이 가장 손에 쥐기 좋다는 것을 알고 있었다. 여자는 칼날을 손바닥으로 향하도록 놓고, 있는 힘을 다해 손바닥을 오므렸다. 손바닥이 아프도록 더 꽉 쥐었다. 조금만 더 힘을 준다면 손바닥에서 피가 흘러나올 것 같았다. 손바닥이 베이고 피가 흘러내리면 여자는 울음을 그칠 수 있을 듯했다. 길 잃은 어린아이의 울음소리도 들리지 않을 테고 내일 출근을 위해 빨리 자라고 타이르는 이성적인 어른으로 돌아갈 것이다. 깊이 쥘수록 손바닥은 정직하게 아파왔다. 칼날은 자극을 어디서 끝내야 할지 정확히 알려주었다. 언제부터 이 방법을 쓰기 시작했던 것일까. 아마 그가 떠난 다음날부터였던 것 같다. 그날 여자는 자극이 필요했다. 똑같은 자극을 주면 대부분 자극에 무뎌지기 마련이다. 그러나 칼은 달랐다. 칼은 자극을 주면 줄수록 자국이 비례해서 남는다. 손에 어렴풋이 붉은 자국이 생기고 조금 베일 것 같고 어느 날은 살이 배어져 피가 나온다. 그 행위를 멈추면 고통은 끝나고 계속 자극을 가하면 상처를 남긴다. 그것보다 더 정직한 자극을 여자는 아직 발견하지 못했다. 평소에 했던 대로 그 자극이 상처가 되기 전에 여자는 손바닥에 쥐었던 칼날을 내려놓는다. 언제나 크게 상처받지 않는 선에서 자극은 마무리된다. 이것이 정우와 여자의 가장 큰 차이였다. 그는 모든 것을 하루아침에 내던지고 떠났다. 여자는 단 한 번도 자신의 것을 바닥까지 내려놓아본 적이 없다. 길의 끝까지 가본 기억 역시 없다. 정우와 함께 있을 때 여자가 가장 원한 것은 이 도시의 편리함 속에 안전하게 사는 것이었다. 안전이 무엇보다 여자에게 소중한 가치였다. 하지만 지금 정우를 다시 만나기 위해 그를 찾아갈 수 있을까. 만약 만나게 된다면 다시 헤어지지 않을 수 있을까. 헤어지지 않을 자신이 없어서 그를 따라가지 못했는지도 모른다. 그가 원하는 미로와 여자가 원하는 도시는 도저히 좁힐 수 없는 거리 같았다. 그러니 어쩌면 정우를 그리워하지만 정우를 다시는 만나지 못할 것이라는 생각을 한다. 어쩌면 정우와 여자는 한 번도 제대로 만난 적이 없을지도 모른다. 그러자 여자는 안전하게만 여겨지던 이 도시가 너무나 막막해지는 것이다.

"죄송해요."

일방적으로 끊었던 전화가 다시 들어온다. 너무 감정이 복받쳤나 봐요. 내담자는 대뜸 사과부터 한다. 모든 문제가 다 해결된 것처럼 편안한 목소리다. 한바탕 울고 난 모양이다. 아이가 돌아오면 같이 여행을 떠나고 싶어요. 오지로 가면 좋겠죠. 절대로 아이 손 놓지 않고 꼭 붙어다닐 거예요. 그동안 너무 겁을 먹고 살았어요. 아이에게 힘들게 한 것도 불안해서 그랬어요. 이곳에서 살려면 최소한 이 정도는 해야 한다고 다 그치고. 이젠 안 그래요. 꼭 돌아오겠죠? 내담자는 몇 번이나 묻는다. 정우도 이곳으로 돌아오게 될까.

여자는 정우 생각에 붙들릴 때면 초록색 222번 버스를 탔다. 7번 출구에 서 있던 남자가 내렸던 바로 그 도시로 숨어들었다. 뒷모습이 허름한 남자만 보면 뒤쫓아갔다. 뒤쫓던 남자가 대문 안으로 들어가면 여자는 한순간 집 앞에 버려진 미아 같았다. 낭패한 표정으로 서 있으면 조금 전 자신이 했던 짓 때문에 웃음이 터졌다. 골목을 벗어나기 위해 허적허적 걷고 있으면 또 누군가가 골목으로 들어섰다. 그럴 때마다 여자는 정신 나간 여자처럼 낯선 사람을 몰래 뒤쫓았다. 여자에게는 그 낯선 남자들이 모두 정우처럼 여겨졌다. 한 사람이 겨우 걸어갈 만큼 좁은 골목에 여자는 혼자 우두커니 섰다. 그 골목이 왠지 낯익었다. 문득 정우와 함께 손을 잡고 잠시 머물 데를 찾아다니던 바로 그 골목길과 비슷하다는 것을 깨달았다. 그 골목에는 폐쇄된 우물과 이파리가 늘어진 버드나무와 철제 일

인용 의자가 두 개 있었다. 나지막이 부르는 노랫소리도 들려오는 듯했다. 정우가 곧잘 여자에게 불러주던 노래였다. 꽃잎이 떨어지는 것이 가로등 아래 흩어지는 눈처럼 보이던 밤이었다. 라일락 냄새가 진동을 했다. 골목 구석에 앉은 여자의 무릎을 베고 정우가 드러누웠다. 정우가 노래를 흥얼거리고 여자는 그의 머리카락을 쓰다듬어주었다. 새벽이 될 때까지 그렇게 있었다. 여자는 한차례 부르르 몸을 떨었다. 그 골목에 대한 추억이 고스란히 떠올랐다.

퇴근한 뒤 골목을 헤매고 다니던 날이 이어졌다. 어느 날 여자는 전에 보았던 빌라로 가보기로 했다. 집을 다시 보고 싶다고 하자 부동산 주인은 열쇠를 주었다. 여자는 곧장 벽돌로 지어진 오층 빌라가 있는 단지로 들어섰다. 하지만 어디가 어딘지 알 수 없었다. 번지수만 알면 돼요. 번지수를 확인해요. 담벼락에 적혔으니까. 부동산에서 일러준 대로 집을 찾았다. 과연 번지수가 벽마다 적혀 있었다. 마침내 그 집을 찾았고 텅 빈 집안으로 들어갔다. 정말 이곳으로 이사를 올 것인가 생각하자, 여자는 갑작스런 한기를 느꼈다. 그것은 미로에 떨어뜨린 유년의 기억처럼 두려웠다. 그러자 여자는 따뜻한 것이 마시고 싶다는 생각이 간절해졌다. 가방을 내려놓고 여자는 지갑만 꺼내 들었다. 잠시 슈퍼에서 따뜻한 음료수를 사들고 와서 이 빈집을 구경하기로 했다. 여자의 온몸에 느껴지는 한기를, 두려움을 천천히 풀어내고 싶었다.

빌라에서 나온 여자는 두리번거리면서 슈퍼를 찾았다. 골목길과 벽돌색 빌라가 이어졌다. 맞은편에 슈퍼가 보였다. 여자는 횡단보도를 건넜다. 음료를 사 들고, 왔던 반대 방향으로 걸었다. 조금 전 나왔던 현대아트빌라의 붉은 벽돌이 보였다. 가까이 다가가자 번지수가 달랐다. 대부분 13번지부터 시작되었다. 쭉 올라가면 14번지가 나올 거라고 어림짐작했다. 14번지는 찾을 수 없었다. 가방에 핸드폰을 두고 나와서 부동산에 연락할 길도 없고 상가도 나타나지 않았다. 지나가는 사람에게 주소를 내밀고 물어봐도 한결같이 고개를 저을 뿐이었다. 여자는 빵집으로 들어갔다. 14-29번지가 어디예요? 빵집 주인은 왔던 길로 돌아가라고 말했다. 반대 방향이라는 말만 믿고 여자는 골목 끝까지 걸어갔다. 그제야 14번지라고 담벼락에 쓰여 있는 글씨가 보였다. 그러나 14-25번지 다음 집은 15-1번지라고 적혀 있었다.

이제 어떻게 할까. 일단 택시를 타고 집으로 돌아갈까. 가방 안에 핸드폰이 들어 있는 것도 문제였다. 여자는 그 자리에 주저앉고 싶을 지경이었다. 오토바이 소리가 나더니 음식 배달원이 여자가 서 있는 빌라 앞에서 멈췄다. 배달원에게 여자는 다가갔다. 14-29번지가 어디죠? 배달원이 조끼 주머니에서 지도를 꺼내 들었다. 이곳엔 14-29번지가 없는데요. 이

것 봐요. 14-25번지가 마지막이잖아요. 아니, 내가 조금 전에
14-29번지에서 나왔다니까요. 여자는 중얼거리며 배달원이
내민 지도를 들여다보았다. 블록으로 구획된 어디에도 29번
지는 없었다. 근데 무슨 동네 찾아요? 여자는 수진동이라고
대답했다. 아유, 동네가 다르잖아요. 전혀 다른 동네예요, 여
긴. 하지만 분명히 빌라의 이름도 생김도 블록의 모양도 똑같
았지 않은가. 동네가 너무 비슷해서요. 여자가 변명하듯 말했
다. 그래요? 우린 모르겠는데. 배달원은 오토바이에 올라타
고 가버렸다. 어디를 가나 또 다른 블록의 변주인가. 모든 도
시는 신도시처럼 반복 재생된 블록들로 만들어졌을까. 도대
체 어디까지 나가야 이런 반복 재생된 블록을 벗어날 수 있을
까. 여자는 속이 답답해서 견딜 수 없었다. 모든 기획된 것들
속에 가지런히 놓인 소도구들. 이를테면 적당한 위치에 놓인
조경, 벤치, 울타리, 신호등처럼 이 도시에서 자신이 그렇게
존재하고 있다는 생각에 소름이 돋을 지경이었다. 정우가 늘
그랬던 것처럼 여자는 윗옷의 단추를 모두 풀었다. 그러자 전
봇대를 붙들고 오랫동안 토하고 싶었다. 그러나 메스꺼움을
전복시킬 무엇도 뱉어내지 못했다.

"저어. 수아 엄마예요."
바닥에 가라앉을 것처럼 작디작은 목소리가 수화기 안에

서 들려온다. 아, 수아 어머니. 반갑습니다. 그런데 조금만 크게 말씀해주세요. 여자가 부탁한다. 수아는 집에 잘 돌아왔지요? 여자가 묻는다. 한동안 대답이 없다. 수아는, 수아는 죽었어요. 네? 다시 묻는다. 순간 허브의 녹색 이파리가 새까맣게 보인다. 여자는 한동안 눈을 깜박인다. 죄송하지만 목소리를 조금만 더, 하고 여자가 부탁하는 도중에 수아 엄마가 울먹이는 소리가 들려온다. 수아는 죽었어요. 약을 먹었어요. 장례도 다 치렀어요. 그러고 나니까 왠지 수아가 떠났다는 걸 믿을 수가 있어야지요. 아무 흔적도 남기지 않은 것 같아서요. 그런데, 잘 아시잖아요. 우리 수아 이곳에 살았던 거. 내가 우리 수아 이야기 늘 했던 거……

흐느낌 끝에 전화가 툭 끊어지고 말았다. 얼굴도 모르는 아이지만 수아는 여자와 늘 함께했던 것만 같다. 그리고 죽었다는 소식을 듣자 가까운 친구가 죽은 것처럼 여자는 허탈해지는 것을 느꼈다. 수아는 과연 어떻게 생긴 아이였을까.

여자는 무심코 창문 너머 하늘을 본다. 하늘이 뿌옇게 흐리다. 이 도시에서, 이 안정된 도시가 지니고 있는 칼날이 쓰라리게 느껴진다. 안전하게만 느껴지던 이 도시의 칼날을 피해 정우는 그토록 미로로 숨어들고 싶어했던 것일까. 여자는 차츰 숨이 막혀오는 것을 느꼈고 자리에서 일어난다. 창가로 다가가서 창문을 활짝 연다. 아, 7번 출구에 늘 서 있는 빨간색 배낭을 멘 남자가 보이고, 그 옆에 낯익은 남자가 눈에 띈다. 여자는 창문에 얼굴을 더 바짝 들이대고 그 남자를 살핀다. 혹시 정우…… 남자는 모자를 눌러썼지만 정우의 몸매와 비스듬히 서 있는 포즈까지 비슷하다. 여자는 얼른 창가에서 돌아서서 상담실 밖으로 나온다. 그리고 서둘러 계단을 내려간다. 계단을 내려가는 동안 걸음은 더 황망해진다. 정우가 금방이라도 사라지고 없어질까봐 조급증을 내며 허둥댄다. 계단은 평소보다 몇 배나 많아진 것 같다. 정말 정우라면, 정우가 돌아온 거라면. 그 한 문장밖에 다른 생각이 이어지지 않는다. 하지만 정우가 아니다. 모자를 쓴 남자는 일행을 만나자 정류장으로 걸어간다. 여자는 건물 입구에 우뚝 서서 한동안 움직이지 못한다.

오늘도 변함없이 7번 출구에 선 남자가 입을 달싹이고 있다. 등산복 차림으로 끝없이 프, 혹은 쓰, 라고 외쳐대는 중이다. 여자는 건물 입구에 선 채 남자의 초췌해진 얼굴을 물끄러미 바라본다. 남자의 얼굴은 전보다 더 창백하다. 입은 옷이 무겁고 지나치게 커 보일 만큼 몸이 더 수척해진 것 같다. 그는 또 하나의 기둥이 되어 붙박인 듯 서 있다. 여자는 그만 상담실로 올라가야겠다고 발을 뗀다. 그때였다. 흰 가운을 입은 건장한 사내 두 명이 7번 출구에 서 있는 남자에게로 다급히 다가선다. 그들은 남자에게 달려들어 양쪽에서 팔을 꽉 움켜

잡는다. 여자는 깜짝 놀라서 남자를 바라본다. 남자는 끌려가지 않으려고 발작적으로 버둥댄다. 그들 옆에는 남자의 어머니인 듯한 노인이 눈물을 찍어내고 있다. 건장한 사내의 힘에 못 이겨서 남자를 바라본다. 그 순간에도 남자는 무어라고 소리치고 있다. 허공을 향해서 열망에 가득 찬 목소리로 알 수 없는 소리를 외친다. 어느새 남자는 앰뷸런스 가까이 끌려간다. 사내 한 명은 시동을 걸기 위해 앰뷸런스 운전석에 올라탄다. 나머지 한 명의 사내가 문을 열기 위해 남자의 한쪽 팔을 놓은 채 잠시 주춤한다. 그때 버둥대던 남자가 사내의 손에서 놓여난다. 남자는 순식간에 여자가 서 있는 도로 앞까지 달려온다. 놀라서 뒷걸음치던 여자와 남자의 눈이 마주친다.

"빨리 도망쳐."

남자가 큰 소리로 외친다. 도망치라니. 지금 도망쳐야 할 사람은 남자 자신 아닌가. 남자는 마치 적군에 포위된 채 아군을 만난 듯 여자에게 소리친다.

"이곳에서, 빨리 도망쳐!"

여자는 손으로 입을 막고 얼어붙은 것처럼 멈춰 선다. 그때 사람들이 꾸역꾸역 7번 출구로 나오기 시작한다. 남자는 그 사람들의 무리에 섞여서 더 이상 보이지 않는다. 사내들이 무리를 헤치며 남자를 찾아 두리번거린다. 하지만 어느새 남자는 흔적도 없이 사라지고 없다. 여자는 쏟아져 나온 사람들의 무리에 떠밀려서 버스 정류장 쪽으로 휩쓸려 간다. 정류장에서 여자는 한동안 남자가 서 있던 7번 출구를 바라보며 우두커니 서 있다. 버스가 도착할 때마다 사람들이 여자를 스치며 우르르 몰려가거나 우르르 내린다. 많은 사람들 사이에 여자는 섞였다가 혼자 되기를 반복한다. 어디로 가야 할지 모르는 사람처럼 여자는 움직이지 못한다. 줄지어 서 있던 버스들이 출발하기 시작한다. 222번 버스도 여자 앞을 스치듯 지나가는 중이다. 아, 버스 안에 빨간 배낭을 멘 남자가 여자를 주시하고 있다. 여자는 깜짝 놀라서 버스 앞으로 한발 다가선다. 어느새 버스는 저만치 달려간다.

현대인의 마음 자락 위, 죽어감 속의 살아냄

정과리(문학평론가 · 연세대 국어국문학과 교수)

아무래도 현대인들은 생의 약동을 제 스스로 만끽하기는 틀린 듯하다. 즐거운 때가 없는 건 아니다. 그런데 쾌락은 언제나 무리를 지을 때만 가능한 것처럼 보인다. 프로 스포츠 경기장의 열기. "오늘은 내가 쏠게" 하는 외침과 함께 부딪치는 잔들. 심지어 동영상 문화들에는 마약조차도 여럿이 함께 범하는 위반으로 나타난다. 하지만 컴퓨터 게임은 혼자 하는 게 아닐까? 그러나 모바일을 통해 즐기는 은밀한 나만의 게임에는 '중독'과 '취향'만이 돋보일 뿐 즐거움이 잘 보이지 않는다. 반면 인터넷 티브이에서도 방영되어 많은 시청자를 쏠리게 하는 '스타크래프트'류의 '실시간 전략 시뮬레이션 게임'은 스포츠식 대결 유형과 관중의 존재를 통해서 집단적 감정의 공유를 확보한다. 혹은 '리니지' 유형처럼 한 게임 상황 속으로의 집단적 가담의 방식을 통해서 그것이 구현되기도 한다. 그러니까 현대인들은 가장 고립적일 때조차도 더불어 있는 것 같다. 그렇게 있어야만 안심이 되기 때문일 것이다. 살아 있는 것 같기 때문일 것이다.

자기만의 고유한 시간이 찾아오면 사람들은 문득 방전된 인형처럼 서서히 꺼져버린다. 삶의 실제적 조건들이 향상되고 있을 때조차 사람들은 피곤하고 무기력하다. 항상 불안에 시달리고 이미 늙어버렸다. 그렇게 이 사람들, 다시 말해 지구상의 현대인들은 존재감을 잃고 흐느적거린다. 그들은 그저 먼지 덩어리이다. 각종 인연들의 끈끈이가 겨우 붙여놓고 있는 그 시커먼 뭉치는 거친 세파를 맞으며 서서히 바스라진다. 붕괴 직전으로 내몰린다.

김미수의 소설들은 바로 그렇게 무너지기 직전의 상태로 내몰린 인물들을 그리고 있다. 그들은 신체적 연령과 관계없이 생의 막바지에 내몰려 있다. 그것은 한편으로 방금 앞에서 말한 현대인들의 지친 마음과 불안을 부각시킨다. 그러나 '내몰려 있다'는 진술은 그러한 붕괴 상황이 단순히 심리적 상황이 아니라는 것을 암시한다. 거기엔 명백히 물리적인 원인이 자리잡고 있다. 「모래 인간」의 'c'는 "5년째 다니던 은행이 통폐합되는 과정에서 난데없이 정리해고를 당했다." 그는 "부속품이었으니까, 새 부속품이 나오면 바꿔지는 거"였다.「새로운 환자」의 '남편'은 부모를 가스중독으로 사망케 했다는 죄책감으로 인해 사회생활이 불가능한 항구적 퇴행 상태 속에 빠진다. 독자는 가스중독이라는 우발적인 사건을 감싸고 있는 물질적 환경을 헤아려야 하리라.

물질적 조건은 그들의 무기력이 피할 길 없는 막다른 골목의 상황이라는 것을 지시한다. 평균적 현대인들은 생활에 허덕이다가 끝끝내 궁지에 몰리고야 만다. '평균적'이란 수식어는 그들을 뛰어넘는 '비상한' 현대인들도 있다는 것을 가리킨다. 그러한 분리가 현대 문명의 진화의 법칙 안에 들어 있는지도 모른다. 물론 작가가 그것을 논리적으로 이해하기란 어려울 것이고 또 그럴 이유도 없다. 다만 그는 그 상황을 기록하는 것만으로 자신의 할 일을 다 한다고 할 수 있을 것이다. 그에 대한 성찰은 바로 독자의 몫, 다시 말해 작중 인물들과 다름없는 평균적 현대인들의 몫이니까. 상황의 당사자들에게 그것이 문제임을 보여주어야 그것을 타개하기 위한 모색이 개시될 수 있는 것이 아니겠는가?

우리는 여기에서 문학의 역할에 대한 하나의 실마리를 풀고 있다. 문제를 문제 그 자체로 보여준다는 것. 문제 그 자체로 보여준다는 것은 거기에 해결의 토를 달지 않는다는 것이다. 다만 그것이 문제임을 인식케 할 뿐이다. 그런데 어떻게 하는 게 '문제를 인식'케 하는 것인가? 일찍이 러시아 형식주의자들은 그것을 두고 '지각의 자동성'을 깨뜨리는 것이라고 말한 바 있다. 사물에 대한 언어의 명명이 관습화되면 사물과 언어의 일치에 대한 믿음이 무의식적으로 작동해 당연한 사실로서 즉각 수용된다. 그럼으로써 지각되지 않는다. 문제는 문제없음이 된다. 문제를 문제로 만들려면 바로 언어를 통한 대상의 즉각적 유통이 차단되어야 한다.

언어에서 의미의 즉각적 유통의 차단이란 의미의 봉쇄 혹은 혼란의 사태를 가리킨다. 즉 문학이 상황을 문제로서 인지케 하려면 의미하려는 언어가 무의미로서 제시되어야 한다. 그럼으로써 독자로 하여금 의문을 품고 그 스스로 의미를 캐보게끔 유인해야만 하는 것이다.

김미수의 일차적인 소설적 구성, 즉 붕괴 직전의 현대인의 모습에 대한 특징적 과장도 그 한 방법이 될 수 있다. 그러나 이 방식은 무의미의 제시라기보다는 의미의 과잉을 통하는 것이다. 즉, 의미의 전압을 지나치게 높게 부하시켜 접촉의 위험을 초래해 독자로 하여금 의미로부터 도피하게끔 하는 방식을 취하는 것이다. 대부분의 현대인들은 힘든 삶도 나날의 일상처럼 산다. 즉 당연히 산다. 좀더 정확히 말하면 그러려니 하며 산다. 나의 무기력과 삶의 무가치함을 알지만 아주 다양한 보충 작용들을 통해 그것을 견디어낸다. '특징적 과장'

은 그런 보충 작용들을 제거하고 삶의 핵심을 집중적으로 조명한다. 전압이 높아지고 독자의 눈은 견디기가 힘들어진다. 독자는 '삶이 허무하다[무의미하다]'는 의미로부터 도피하고 싶어진다. 그러나 그 충동은 바로 그 무의미의 의미를 독자가 체감하고 있다는 것을 반증하는 것이다.

이 '의미의 과잉'이라는 방향은 우리를 의미로 충만케 하지 않는다. 오히려 삶의 무의미라는 의미에 넌더리가 나게 할 뿐이다. 그건 끊임없이 우리의 삶을 신칙한다. '이건 잘못된 거야! 너는(혹은 나는) 틀렸어!'라고. 무의미라는 의미로 꽉 막힌 삶을 의미 있는 삶을 향한 모험으로 돌릴 가능성은 어디에서 오는가?

김미수 소설의 두번째 면모는 두 인물의 대응 관계 구성이다. 「모래 인간」에서 'c'는 화자를 통해 묘사될 뿐만 아니라 동시에 화자와의 관계를 통해서 개진된다. '나'는 화자이며 동시에 인물이다. 이 화자-인물은 독백하는 자로서의 화자-인물이 아니라 주인공의 삶을 전달하면서 동시에 그것에 모종의 작용을 하기 위해서 고안된 화자-인물이다. 「새로운 환자」에서는 '나'와 '남편'이, 「나바호 거미 여인」에서는 '나'와 '너', 「희망 서점」에서는 '지아'와 '민형', 「주황색 불빛」에서는 '나'와 '아내' 등등이 같은 관계에 놓인다. 이 짝패 관계에서 한 인물은 삶의 허무함을 덩어리째로 체현한다. 가령, 「모래 인간」에서의 'c'의 행동은 이렇게 기술된다.

불안과 무력감을 벗어나기 위해 그가 선택한 것은 자신을 빨리
파괴시킬 것들이었다. 나는 어디에 있었나. 나는 누구였지. 나를
위해 했던 일이 있기나 했나. 그렇게 떠들면서 삐딱하게 걸어서
세상 밖으로 나서자마자 c는 파괴되었다. (21쪽)

그렇다면 '나'는 누구인가? 화자로서의 '나'는 'c'의 삶을
거울처럼 비춘다. 이 반영에는 'c'의 파괴됨만이 펼쳐진다.
그러나 무언가가 이 파노라마에 간섭해 수직의 면도날을 들
이댄다. 화자로서의 '나'는 'c'를 반영하기만 하지만, 인물로
서의 '나'는 'c'가 기어코 집착하고야 마는 '사랑하는 사람'이
다. 'c'의 삶이 통째로 파괴이기 때문에 그의 '나'에 대한 집
착은 나의 붕괴를 위협한다. 그러나 이 집착은 본래적 충동으
로서는 파괴 충동이 아니라 생의 충동이다. 파괴의 도가니 아
래에서는 생명이 끓어오르고 있는 것이다. "밤만 되면 뜨겁게
역류하는 피 때문에 해변을 쏘다니지 않고는 배겨내지 못했
다"라는 진술처럼 말이다.
　바로 이 사실에 의해서, 파괴는 저의 움직임에서 이유를 상
실해버린다. 파괴의 의미가 순간적으로 희뿌연 이내로 흩어
져버리고 오로지 제어할 수 없는 막연한 충동만이 들썩인다.

그것은 마구 긁어버리고 싶은 뾰루지 같다. 긁으면 상처를 덧낼 뿐이라는 걸 미리 예고하고 있는 뾰루지. 인물로 하여금 이도저도 하지 못하게 하는, 생의 충동과 죽음 충동에 이중으로 구속되게 하는. 파괴 충동과 보존 충동 사이를 감질나게 왕복시키는. 바로 그런 의미에서 김미수 소설의 일차적 형식이 '의미의 과잉'이라면 이차적 형식은 '의미의 와해'이다. 그리고 의미의 과잉이 역설적으로 의미에 넌더리나게 했듯이, '의미의 와해'는 거꾸로 의미의 모색을 부추긴다.

이차적 구성의 소설적 존재 이유는 명쾌한 듯이 보인다. 생각해보자. 만일 일차적 구성으로 드러난 것처럼 인물들이 의미의 과잉에 감싸여 있다고 해보자. 그러한 상태의 극한은 앞의 인용문에서처럼 자멸의 길이다. 그런데 인물의 존재는 살아 있음으로 있다. 즉 자멸하고자 하는 상태로 자멸하지 않는다. 이 자멸적 상태가 지속된다고 한다면 그것은 언제나 타자의 파괴로밖에는 해소될 길이 없다. 우리가 오늘의 뉴스에서 빈다하게 접하는 '묻지 마 살인'이라든가 '층간 소음으로 인한 폭력적 분쟁' 같은 것들이 바로 그러한 현상들이다.

이차적 구성은 그러한 파괴적 폭력이 실로 스스로 이해하지 못하는 온몸의 가려움으로부터 비롯된다는 것을 깨닫게 한다. 저 충동은 아직 의미를 부여받지 못하고 있는 것이다. 따라서 파괴적 충동은 실행될 것이 아니다. 우선은 그것을 추동한 생에 대한 욕망을 찾아봐야 하는 것이다. 의미는 이 순간 가능성으로 바뀌게 된다. 일차적 구성의 '의미의 과잉'이 의미의 지나친 현존이라고 한다면 이차적 구성의 '의미의 와해'는 의미가 넘쳐흘렀던 그 자리를 그대로 의미 결여의 공간으로 바꾼다. 의미는 이제 채워져야 하는 것이다.

그러나 첫번째 형식과 두번째 형식은 아직 대립하고 있을 뿐이다. 이차적 구성은 파괴 충동을 제어할 수 있으나 생기로운 생의 새로운 의미 자체를 제공할 수는 없다. 다만 그 가능성을 제시하고 있을 뿐이다. 김미수 소설 전반에 그로테스크한 막연함의 분위기가 깔려 있는 것은 그 때문이다.

무작정 뛰기 시작한다. 불빛이 있는 방향을 찾아 뛰는 줄 알았다. 안개의 벽을 뚫으며 뛰는 줄 알았다. 그를 살려달려고 말하려고 뛰는 줄 알았다. 아니었다. 돌아와! 도망가지 마! 그가 소리치는 것 같았지만 나는 뒤돌아보지 않은 채 있는 힘을 다해 도망치고 있었다. (「모래 인간」 마지막 대목)

어디로 가야 할지 모르는 사람처럼 여자는 움직이지 못한다. 줄지어 서 있던 버스들이 출발하기 시작한다. 222번 버스도 여자 앞을 스치듯 지나가는 중이다. 아, 버스 안에 빨간 배낭을 멘 남자가 여자를 주시하고 있다. 여자는 깜짝 놀라서 버스 앞으로 한발 다

가선다. 어느새 버스는 저만치 달려간다. (「미로」 마지막 대목)

두 작품의 마지막 대목들은 양태는 거꾸로지만 똑같이 인물의 방향 상실을 가리키고 있다. 어디로 가야 할지 모르는 것이다. 마지막 대목들이 만약 작가의 세계 이해의 '결론'에 해당한다면 결국 김미수의 작품은 파괴 충동과 생의 충동 사이에 끼여 착종된 상황에서 그치는 것일까?

그러나 사실은 이 양극단의 폐쇄성 사이에서 작가는 또 다른 형태의 언어 조각들을 짓는다. 3차적 구성에 해당하는 언어 조각들은 이차 구성을 통해 형성된 짝패 관계를 다중적으로 복제하는 데에서 태어난다. 가령 「모래 인간」에서 'c'와 '나'의 관계는 '쳇'과 '여자'의 관계로 분열되어 사중의 관계를 형성하게 된다. 이 복제에 의해, 파괴 충동과 생의 충동 사이의 착종 현상이 단순히 폐색되어 있는 게 아니라 격렬한 도전과 좌절의 행동들로 점철되어 있다는 사실 자체가, 즉 생을 향한 행동들의 시시각각의 움직임들이 굳은 몸의 살갗에 소름이 돋아나듯 출몰하고 바스러진다. 그것들은 저 착종을 악화시키는가 하면 이완시키고 변종들을 만들어 상대화의 운동으로서 착종을 운동케 한다. 착종이 정지라면 정지가 활동하는 것이다. 그러한 활동들이 끝마무리를 바꾸지는 못한다 하더라도 그 움직임들은 독자로 하여금 생의 끈질기고도 때마다 새로운 분출을 감각케 한다. 그리하여 기대와 좌절이 야기하는 유혹과 체념 사이의 막막한 안개의 자락을 그가 한번 뛰어볼 트램펄린으로 재구조화하도록 부추긴다. 「새로운 환자」에서의 '나'와 '남편'의 관계가 '나'와 '노인'으로, '나'와 '주연'으로, '주연'과 그녀의 남편의 관계로 복제되어 나가는 것도 같은 기능을 한다. 관계의 복제가 전혀 없는 듯이 보이는 「소멸 연습」에서조차 그것은 은밀히 작동하고 있다.

"멍게 좀 주세요."

정오가 말한다. 포장마차 주인이 멍게 서너 마리를 집어서 도마에 올려놓고 다듬는다. 주먹만한 멍게가 시뻘겋고 울퉁불퉁하다.

"멍게가 꼭 당신 닮았는데 말이야."

그가 몸을 흔들면서 웃는다. 그가 웃기 시작하는 것은 취했다는 증거다.

"아니, 당신 몸속에 멍게가 몇 개씩 박혀 있었잖아. 못생기고 제멋대로인 벌건 열망 덩어리 같은 거. 그런데 그 멍게가 너무 컴컴한 주인을 만나서 밖으로 나오지도 못하고 썩어가고 있었지. 지금 당신 몸속에서 그 열망이 썩어 문드러진 건 아니지? 아냐. 좀 냄새가 난다."

정오는 여자의 몸에 코를 대고 큼큼대며 웃는다. 그러는 동안 포장마차 주인이 그 열망의 딱딱한 껍질을 칼로 찢어낸다. 속살이 접시에 담겨 나온다. 그가 멍게 한 점을 초고추장에 찍어 여자에게 내민다. 여자가 그것을 받아먹는다. 그것을 씹는 동안 컴컴하던 기분이 유채색처럼 환한 색으로 덧칠된다. 쌉쌀한 맛은 분명 환한 빛의 맛이다. 벌건 열망 덩어리 멍게는 과연 환한 빛의 맛을 몸속에 가지고 있다. (209~210쪽)

'정오'와 '여자'의 관계는 '멍게'를 매개로, 좀더 정확하게 말하면, '포장마차 주인'과 '멍게'의 관계로 투사되어, '정오'-'여자'의 과거의 관계를 일깨운다. '정오'-'여자'의 현재적 불활성의 공간은 '포장마차 주인'의 칼을 통해 파괴되면서 과거의 생기를 속살처럼 드러낸다. 마지막 대목에서 '정오'가 '여자'의 행동을 전혀 이해하지 못하겠다는 푸념을 하면서도, 그녀를 "더욱 깊이 껴안"고 "그게 뭔지 난 모르지만, 그만 도망치고 차라리 들이대면 안 되겠어?"라고 다독이고, 그러자 '여자'가 "하루 종일 참고 참았던, (……) 아랫배에서부터 올라온 오열을, 기어이 터뜨리고" 마는, 이런 결말이 가능해지는 것은, 바로 관계의 복제를 통해서 구조적 관여성을 획득했기 때문이다.

그렇게 김미수 소설은 일상의 끝없는 허무라는 바탕 텍스처(texture) 위에 신생의 몸짓들을 부단히 발생시킨다. 그 몸짓들은 허무를 견디지 못한 일반적 반응으로서의 생의 반발, 즉 자멸적 충동과 그로 인한 파괴적 현상들의 정확히 정반대의 방향으로 피어난다. 그 몸짓들은 삶의 지리멸렬로 인해 야기된 파괴 충동이 삶을 죽음으로 내모는 것에 대항해, 삶의 허무를 미지의 충만의 가능성으로 바꾸고 그 안에 자유의지의 작은 모들을 촘촘히 심는다. 그런 면에서 김미수의 소설은 현대인의 심리에 대한 포괄적이고도 정직한 반추이면서도 동시에 현대인들 스스로로 하여금 '기어이 다시 살아보게끔' 하는 강력한 유인제로서 기능한다고 할 수 있을 것이다. 이런 복합적 성찰의 자리를 구축하고 있는 텍스트 구조의 중첩성은 그의 첫 소설집 이후에 대한 기대를 강하게 조인다.

시간이 많이 지났다.
그리고
나는 지금 여기에 와 있다.

너는 지금 어디에 있니?

잊었다. 기억나지 않는다.
그런데
기억나지 않는다, 라고 쓰니 가슴이 묵직해진다.

우선은 현재를 쓰고 싶다. 쓸 것이 넘칠 만큼
살고, 우선 살고, 그것을 쓰고 싶다.

그러다 보면 어느 날
기억이 찾아와서
다 기억해도 된다고,

다 써도 된다고,
말해주겠지.

그때 또 쓸 것이다.
이번 소설집에서 차마 못 썼던 남은 문장들을.

정과리 선생님, 어떤 말로도 감사함을 표현할 수 없을 것입
니다.

첫 소설집을 만들어주신 도서출판 강 여러분과
사랑하는 가족에게 고개 숙입니다.

2015년 11월
김미수

수록 작품 발표 지면

모래 인간 _「문학사상」 2014년 9월호

새로운 환자 _「현대문학」 2010년 4월호

나바호 거미 여인 _「문학나무」 2010년 가을호

희망 서점 _「문예바다」 2014년 봄호(원제 「4월의 눈」)

주황색 불빛 _「한국소설」 2013년 7호

꺼져, 괴물 _「계간문예」 2010년 겨울호

섬 너머 _「한국소설」 2011년 7월호

소멸 연습 _「문학에스프리」 2013년 여름호

미 로 _「동아일보」 2010년 1월호